I coram

Valeria Parrella

Troppa importanza all'amore
(e altre storie umane)

Einaudi

Troppa importanza all'amore
(e altre storie umane)

– Dài mamma, siediti.

– No, aspettate: la signora vuole stare con la faccia verso la sala, ecco qua.

– Marò quante mosse fa 'sto cameriere.

– Perché, scusa? Lo sa che ho una preferenza e mi accontenta... Secondo me è solo gentile.

– Secondo me ti devi operare alle cataratte, mamma, perché 'sto fatto che non puoi guardare verso la luce ti condiziona troppo.

– Ma quando mai, io ci vedo benissimo, mi dà solo noia guardare a te in controluce: sono andata in pizzeria con una sagoma, o con mia figlia?

– Con la sagoma di tua figlia, mamma, con quello che ne resta...

Non ero mai stata una donna brutta. Forse a dodici-tredici anni avevo sofferto qualcosa di troppo: un neo molto vistoso all'angolo del naso su cui spuntavano dei peli che madre e medico intimavano di non tirar via con la pinzetta. Qualcosa di troppo poco: niente seno, fianchi stretti, capelli corti che assecondavano un principio di ordine famigliare piú che uno personalissimo ed estetico. Ancora qualcosa di troppo: gli occhiali, ché le lentine a contatto non se ne parlava – poco sperimentate all'epoca, e costose per due dipendenti statali. Qualcosa di troppo poco: gli incisivi davanti, aperti, che non si richiudevano, e speravo sempre che un giorno sarebbero spuntati gli ottavi a stringerli. Sí, c'è stato un tempo in cui mi sono sentita brutta, ma manco quel tempo doveva essere vero se poi un paio d'anni dopo riuscii a fidanzarmi con il ragazzo piú bello del liceo scientifico, e anche il piú intelligente. Ma di un'intelligenza viva, che lo faceva parlare inglese come un inglese, in un'Italia di provincia che aveva ancora solo tv in bianco e nero. Bello e intelligente, e affidabile, e con una Moto Guzzi ereditata dal padre, 125 che si poteva guidare solo con il patentino. E io mi ci ero fidanzata e ci avevo fatto tutte quelle cose che da brutta ti rendono bella, poi bellissima, poi invincibile, tanto invincibile che alla fine me ne ero andata io, complici le maturità e i viaggi, e le grandi città che ci avevano risucchiato dentro gli atenei.

Tutto il resto della vita sentimentale era stata un'alternanza di due dimensioni: o ero stata innamorata innamorata tendente al matrimonio – il che non implica che lo facessi sempre, ma insomma era lí che sarei voluta andare a parare tre o quattro volte in cinquant'anni, e poi ci ero andata a parare una sola volta, completa però, con matrimonio e figlia e relativo passeggero appagamento. Le altre erano state sottoformule equiparabili: due fidanzamenti stabili ed esclusivi, dichiarati ed esibiti, una convivenza. Punto.

Oppure ero stata libera e libertina: mi piaceva tornare a casa da sola, trovare casa vuota se volevo restar sola e trovare casa vuota se mi ci volevo portar qualcuno. E poi, in settimana, fare tre telefonate piú o meno dello stesso tenore a un paio di tipi umani diversi (gli uomini con cui ero stata, lo so, in fondo erano ripetitivi: o allegrissimi e superficiali, o sentimentali inclini al pianto. Sulla facciata esterna invece: o quelli brutti che nessuno guarda o quelli

4

strepitosi che tutti guardano). Cosí, facendo attenzione a non confondere i numeri, se ne potevano passare i mesi. Il cambio di turno poi veniva naturale e neppure traumatico. Semplicemente, come arrivava quell'enfasi improvvisa, cosí poi se ne passava. Quella che era dipendenza diventava niente. Proprio dimenticavo quell'uomo che mi aveva allietato i pomeriggi e le sere – e qualche colazione a letto – e lui, nel patto implicito, se ne andava da dove era venuto. E come la storia delle stelle piú luminose che annientano le sorelle lontane, cosí mi si parava innanzi un altro al quale mi attaccavo piú o meno sempre con la stessa scaletta. Mi diceva una cosa carina davanti a un bicchiere, e veniva già da un contesto di comunanze. Io ho sempre fatto l'insegnante, e sempre dal mondo della scuola venivano questi. E poi ho sempre ballato il tango, e sempre da una balera ne veniva un altro. E poi ho sempre amato il cineforum, e sempre gli stessi film avevamo visto. Dal bicchiere alla cena, dalla cena alla casa, dalla casa alla telefonata, dalla telefonata a un tipo nuovo.

E comunque avevo attraversato anche una dimensione ibrida che prevedeva le volontà di entrambe le altre due, ma accavallate. In buona sostanza: tradivo. Dopo due-tre anni di legame fisso, mi acquietavo: scendeva una pace e una consapevolezza in me che non era piú la fretta della passione, l'inondargli la vita di me e cose mie, l'obbligo della condivisione. E quando mi acquietavo allora cominciavo a rilassarmi. Doveva, quella rilassatezza, vedersi da fuori, lanciare segnali dai capelli, sentirsi l'odore di una rinnovata disponibilità. Non sono mai stata brutta, l'ho detto. Cosí quella dimensione di donna legata e slegata mi faceva trovare in breve tempo e, mi si deve credere sulla parola, senza che lo volessi, un amante. L'amante doveva sapere che nulla della mia vita sarebbe cambiato con lui.

Non essendo cattolica, non essendo niente di piú che un'insegnante moglie di insegnante con bambina sveglia e autonoma abbastanza da poter fare palestra con i compagni e fine settimana con i nonni, io per la verità non ho mai provato alcun senso di colpa. A volte mi terrorizzavo all'idea di aver lasciato qualche traccia che poteva far crollare l'assoluta perfezione del tempio sghembo che mi ero edificata, ma poi per fortuna nessuno è stato cosí crudele da conservare o esibire tracce del mio passaggio. O esso stesso è stato innocuo e leggero, caduco, come una stagione.

Ma ora, ora, in pizzeria, mentre aiutavo mia mamma a passare la coscia sinistra oltre la gamba del tavolo, mentre le spiegavo il tovagliolo in grembo, da quelle condizioni alterne ero passata in un'ultima fase, che attribuivo all'età, e alla condizione infelice di essere una donna divorziata, con una ragazza di diciott'anni che aveva appena cominciato un'università lontana e una madre a cui un ictus aveva tolto mezza vita, lasciandogliela appesa all'altra metà.

Mia madre era vedova, io l'accudivo. Mi sentivo sfortunata. Ora, la sfortuna, per una donna che ha girato tante regioni e tante scuole a correre dietro le supplenze, e che per farlo ha cambiato tante case, e che poi tra i trentadue e i cinquant'anni ha cresciuto una figlia e combattuto piú di una battaglia sempre nella tensione di qualcosa di esterno che doveva arrivare, e quando poi arrivava si spostava e cosí via. Bene, insomma la sfortuna che mi costringeva a baliare mia madre, era una condizione in fondo comoda. Significava piú o meno: *Tu adesso te ne stai buona qui, tanto non hai alternative. Scuola ne hai per almeno altri dieci-quindici anni, sempre che ti permettano di andare in pensione, figlia si è fatta grande e ha preso la sua strada, scordati i fine settimana con l'amica – ché mamma a chi la lasci? – e conservati le tue serate al cinema, alla balera, una cenetta a*

casa con il gruppo storico di colleghi, insomma tutte attività
serali: quelle coperte dai beveroni riequilibra-toni del neuro-
logo di tua madre. Punto. Ah, negli intervalli di tempo vedi
se puoi trasferirti qualche isolato piú vicino a lei.

Questo mi diceva da un po' di tempo il destino. E non
lo diceva solo in maniera chiara, facendosi megafono i
dottori, e il riabilitatore di mamma, e il salumiere che le
portava la spesa a casa, e la vicina di casa. Me lo diceva,
lui, il destino maledetto, in tanti altri modi. Per esempio
nelle ginocchia.

Avevo sempre vantato proprio un bel paio di gambe,
del resto, ballavo. Ballavo cosí tanto e bene che quando il
referente di banca del mio povero stipendio mi aveva chiamato per cercare di appiopparmi un'assicurazione sulla vita
lo aveva sottolineato. «Lei non fuma, e balla pure...» aveva fatto cosí, piacione, guardandomi le gambe accavallate
– era estate e io in estate ho piú caldo che morigeratezza,
quando decido quanta stoffa avere negli abiti.

«E quindi che facciamo, senti, assicuriamo le gambe?»

Fine. Però insomma da qualche anno il destino mi chiamava dalle ginocchia. Non c'era nulla da fare: creme, massaggi nel bagno di casa, calze contenitive in inverno: la pelle
si era come staccata dalla materia che conteneva. Finché
restavo seduta se ne stava quieta e stirata sulle ossa, ma
appena mi mettevo in piedi rivelava la mia condizione di
donna-bàlia di una madre dimezzata. Faceva delle piccole
ghirlande senza tono piú tra la coscia e lo stinco: era ciò
che rimaneva della mia festa, il giorno dopo.

Questa ero io, adesso. Ero nel giorno dopo. E la colpa
non era certo dei miei cinquant'anni, visto che non occor-
reva indugiare sulle copertine dei femminili per sapere che
c'era un intero mondo di cinquantenni da urlo: bastava
guardare la preside quando tornava dalla settimana bian-

ca. Aveva anche tre anni piú di me, aveva vinto l'ultimo concorso per dirigente, il marito medico le aveva regalato un anello con uno smeraldo grosso cosí e tutti, dai ragazzi di prima al bidello che stava per andare in pensione, tutti le guardavano un seno trionfale.

La colpa era di questa vita che mi aveva incastrato nel giorno dopo, e la cui verità – l'immobilità, la rinuncia, l'incastro – mi veniva sottolineata con annunci di tromba:

– Menopausa, signora, facciamo la terapia sostitutiva cosí non rischiamo cali di calcio: lei balla.

Prendevamo da almeno una decina d'anni la stessa pizza. Mamma per evitare di leggere sul menú, che le appariva, come qualunque altra scritta, dietro il vetro appannato del suo stesso inverno. E io per noia. Per una depressione improvvisa che mi avvolgeva ogni volta che uscivo con lei e consumavo il rituale macabro di quel «solito giro». Due parole orrende a cinquant'anni: *solito*. E *giro*. Ma giro dopo giro qualcosa cambiava, in peggio. Ora mamma non aveva piú né la precisione né la forza per tagliarsi la pizza da sola.

– Due margherite con bufala. Una la può fare già a spicchi, per favore?

– Giulia ma sei pazza? Ai bambini si taglia la pizza con la rotella.

– Si fa tagliare a chi serve, bambini, pigri e anziani.

– Allora quella a spicchi te la mangi tu.

– Cosí poi la tua te la devo comunque tagliare io...

Allora mamma alzava la manina funzionante e richiamava il cameriere, quello bello, che piú si faceva anziano piú si faceva bello. E insopportabilmente cerimonioso.

– Cesare, me la tagliate voi la pizza, sí?

8

– A disposizione, signora cara.

Povera mammotta, me la guardavo di lato, il lato buono, l'altro almeno in pizzeria me lo potevo dimenticare. Che fatica, pure, a settantacinque anni, dover imparare a masticare tutto daccapo. Mi faceva una pena e una tenerezza, ma mo quanto sarebbe durata ancora? I parametri vitali erano buoni, ma lo scafo cosí malandato che oggettivamente, oggettivamente, mia madre non era piú autonoma in nulla. Tranne che nella caparbietà.

– La polacca non la voglio.

– Che ti hanno fatto i polacchi? Papa Wojtyła era polacco.

– Sto bene da sola.

– Fosse vero, mamma: tu non stai da sola: tu stai con me.

– Ma se vivi dall'altra parte della città.

– Madonna che coraggio, se appena esco da scuola vengo da te, sto con te tutto il pomeriggio e me ne vado alle otto dopo che ti ho messo a letto.

– Però vivi dall'altra parte.

– Dormo, dall'altra parte.

E dormivo solo, infatti.

Questa ero io mentre mi alzavo dal tavolo per andare in bagno, svoltavo l'arco che immetteva nella seconda sala della pizzeria, e mi si parava davanti il cameriere.

Aveva un modo professionale di guardarmi, quando si faceva da parte per farmi passare. Ma da quale professione lo stava attingendo? Era stanco, scocciato, distratto? E io ero trasparente? Oppure provava una certa compassione per noi due, io e la mamma, intendo, ché oramai ai miei occhi eravamo inscindibili – anzi ero proprio io quella a cui gravava un lato – e in quello sguardo trattenuto celava un sorriso per tanta pena?

Non lo avrei mai saputo dire, e avrei voluto tanto non

chiedermelo proprio, per due motivi almeno che potevo analizzare in quei cinque passi che mi dividevano dal bagno: il primo era che il cameriere era alto, e io quando uscivo con mamma non mettevo mai i tacchi.

– Mamma, prendi il bastone.

– No, tanto mi appoggio a te.

Il secondo è che mi conoscevo troppo bene e sapevo che una domanda di questo tipo poteva avere solo una risposta: *La festa è finita: a proposito, stai cercando un quartino nello stesso isolato di tua madre?* La strada di insoddisfazione che si sarebbe aperta dentro di me portava su una piazzola di sosta per gente senza fortuna, che aveva bisogno di far la pipí a troppi chilometri di distanza dalla meta.

Cosí fu che, poiché la porta del bagno faceva angolo con la parete, e su quella parete c'era appeso un enorme specchio senza cornice, rettangolare e lungo, con serigrafata su la scritta PERONI, io, nello svoltare, alzai gli occhi allo specchio.

E tra la R e la O vidi che il cameriere si era fermato, si era girato, e mi stava guardando da qualche parte sotto la vita.

Da qualche parte, sotto la vita, c'è la vita. Pure se stai facendo la cura sostitutiva per la menopausa, perché a me proprio da lí mi prese una vampa, tanto che rimasi piú del dovuto in bagno, a insaponarmi le mani e a controllare nell'ovale del viso, nel modo in cui il mento diventava collo, nelle rughe labio-nasali, nella ricrescita dei bianchi sulle tempie: cercavo cosa ci fosse di me e cosa degli altri.

Quanta mia madre c'era lí dentro e quanta mia figlia, e quanto del padre di Iodice Silvio che mi voleva denunciare perché a lezione dicevo che i fascisti erano fascisti.

Quanto dei giorni andati e quanto di quelli a venire.

«No, no», mi dissi, e feci la pipí, nella piazzola.

Poi fu molto bello trovare che mia madre, al tavolo,

ciancicava beatamente, anzi spudoratamente con il cameriere, come se l'ictus e la vecchiaia l'avessero messa al di là del male e molto dentro il bene, e intanto gli infarciva il taschino della camicia con una banconota, cosí che quello, prodigo di cura, le offriva il braccio e la accompagnava alla porta, lí dove la lasciò: appoggiandola a me. Poiché chi va con lo zoppo è costretto a zoppicare, innalzai una silenziosa preghiera affinché l'ultima immagine del mio sedere che il cameriere potesse conservare con sé fosse quella dello specchio PERONI. E arrivederci.

– Mamma, ma perché gli metti i soldi nel taschino? la mancia non la puoi lasciare nel piatto?

– E se alla cassa pensano che è il resto e se lo tengono?

Quella sera, a casa, cercai e trovai le sigarette che mia figlia aveva nascoste due mesi prima, dimenticandole alla partenza per l'università.

Io avevo smesso di fumare quando avevo cominciato a ballare: era per il fiato, e forse anche un poco per l'invecchiamento della pelle. Non per dare un buon esempio a mia figlia, né per il cancro annunciato sul pacchetto. Non voglio sembrare superficiale, benché ci provassi non riuscivo davvero a esserlo, infatti mi tormentai tutta la notte in questa riflessione umiliante: *Come è possibile che io mi sono ridotta a rinfocolarmi per lo sguardo di un cameriere?* D'accordo: nella prima supplenza ero stata con un bidello, e mentre ero ancora sposata avevo flirtato con il collega di educazione fisica, che per una docente di storia è già piú in basso nella scala sociale; e in fondo il fatto della scala sociale a me non interessava, cioè non mi avviliva l'idea che io mi rinfocolassi allo sguardo di un cameriere, mi umiliava l'idea di essermi dimenticata dello sguardo di un uomo, che quello sguardo avesse un potere su di me.

No, d'accordo, alle quattro di mattina ci arrivai: mi

umiliava che io stessi a pensare a lui e lui non stesse a pensare a me.

Punto.

Il rapporto con gli uomini si era sdoppiato, non era piú paritetico. E mi capitava di comprenderlo con un cameriere. Avrei potuto mettermi a caccia. Tornare a mangiare lí da sola mollando la mamma per qualche ora. Chiedere una pizza a domicilio e lavorare sulla consegna. Dimenticare il telefono in pizzeria. Avrei potuto provarci. Ma provarci mi avrebbe delusa, e io non ero piú pronta alle delusioni. Io non gli piacevo. Lui era un bell'uomo. La sua condizione proletaria lo rendeva ancora piú ruvido, meno lavorato...

Dopo una notte passata a pensare a questo oramai sarebbe stato inutile pure il tentativo di conquista: il sesso non ammetteva pensieri e parole. Solo opere e omissioni. L'unica fu stancare in qualche modo i muscoli e dormire un paio d'ore prima di tornare a scuola.

Poi un giorno mi arrivò l'avviso a comparire dei carabinieri.

Iodice Mario, padre di Iodice Silvio, V B, non aveva retto a Villari, alle leggi razziali, alla Repubblica di Salò e ai cinquanta milioni di morti del nazifascismo. Niente. Di tutta la Storia aveva deciso di denunciare me.

Avevo chiamato la mia amica Silvana, l'avvocatessa prêt-à-porter. E registri in ordine, programmi in mano e carta d'identità ce ne tornavamo dalla caserma, io irritata assai, che per 1720 euro al mese dovessi pure andare a ripetere la lezione davanti al magistrato. Sempre che la capisse.

– Ti offro la pizza, almeno questo, – dissi a Silvana.
E stavo tutta concitata e accesa, mentre ci sedevamo
d'angolo al tavolino sulla strada, intanto ci si era messa
pure la primavera, e mentre facevo l'imitazione di Iodice
padre mi tolsi la giacca, mi sciolsi i capelli, e restai con la
canottiera e i jeans, la sigaretta sul tavolo e la ricerca vana
e furente di un accendino nel magma della borsa.
– Hai ricominciato a fumare? – disse il cameriere allun-
gandomi il fiammifero acceso nel cavo della mano.
– Grazie... sí, da quando mia figlia è partita...
– E la mamma come sta?
– Eh, piano piano... – risposi, lui sorrise vagamente e
ci lasciò il menú. Ma soprattutto lasciò Silvana molto com-
presa dalla nostra conversazione.
– Non me lo ricordavo cosí bello, questo posto, – disse. – La pizza dev'essere molto buona...
– E non lo so mica se è buona.
– Ah non lo sai? – disse lei con un lungo profondo sguar-
do al magnifico culo del cameriere.
– È la prima volta in vent'anni che mi parla, te lo giu-
ro. Oggi.

Io non sono mai stata brutta, forse per un annetto, poco dopo che mia madre era stata male, o forse perché mia
figlia mi aveva lasciato una casa vuota, o semplicemente
erano gli ormoni ai quali dovevo abituarmi. Fatto sta che
guardavo in modo diverso pure Silvana. Amica da sempre,
dal banco dell'esame di maturità, quello in cui ripetevamo
la monetazione dell'età argentea fino allo sfinimento. Lei
era ricca e io normale, e mia madre camminava ed era lu-
cida, e proteggeva le nostre ultime ore di studio da liceali:
ci permetteva di restare in pigiama, e di arrivare a tavola
stravaccate, e di continuare ad associare date e nomi che

non conosceva in un infinito elenco rimato. *Tiberio / Caligola / Claudio e Nerone. Galba-Otone-Vitellio. Vespasiano / Tito e Domiziano. Nerva / Traiano / Adriano / Antonino Pio / Marco Aurelio, tua mamma ce la mette la scorza di parmigiano nella pasta e patate?*

Solo che la mia amica Silvana, amica da sempre, era cresciuta diversa. Si era fatta avvocato nello studio di suo padre, quei genitori lí si scambiavano i figli per la pratica negli studi cosí come facevano con le carte al tavolo di bridge; e poi, finita la pratica ed entrati nell'albo, cominciavano a passar loro i clienti come gli passavano le cime sul molo di Marina Grande. E infine Silvana si era sposata con un penalista di grido, e anche se ora a cinquant'anni io ballavo e lei no, lei aveva una massaggiatrice indonesiana che andava a casa sua tre volte a settimana portandosi dietro un lettino pieghevole e le impastava le gambe. E mio marito e io ci eravamo lasciati, e lei e il suo no. Ed è vero che io mio marito non lo tolleravo piú e mi sembrò un estremo gesto di emancipazione allontanarmi da un uomo che non poteva toccare il peperoncino a tavola sennò prima o poi stropicciandosi gli occhi avrebbe pianto. E che non sopportava i piatti colorati. E che non sopportava le forchette pesanti: quelle leggère voleva, leggère. Perché un marito è una scelta fideistica e i guai cominciano se ti accorgi che Dio non esiste.

Però adesso il mio ex marito chissà dove stava, e io da sola mi ero tirata su la figlia e stampellavo mia madre. Mentre Silvana, con suo marito che l'amava assai, aveva avuto questa figlia Elisabetta che stava per sposarsi con un francese, conosciuto «nel mondo internazionale del cinema», cioè in buona sostanza non si ricordava dove. Non potevo dire nulla contro Silvana. Nulla. Perché se uno è fortunato e non è manco arrogante – e Silvana non era arrogante – non gli si può dire nulla. Solo sentirmi immensamente piú vecchia e cellulitica, e guardare all'epoca della monetazione argentea, all'epoca della livella scolastica come a un'epoca di profonda falsità. Alla prossima manifestazione di protesta avrei detto chiaramente i criteri che andavano applicati: i figli di quelli che pagavano il IV e V scaglione di Irpef, dai cinquantacinquemila in su, dovevano obbligatoriamente andare alle private, e i figli dei normali, insieme a quelli dei poveri, alla scuola pubblica fin dalle elementari, cosí da proteggere la verità di casta.

– Ma dài, ti ho invitato io, non scherziamo, – le dissi un poco incognita allungando cinquanta euro al cameriere.

– La signora Giulia è cliente, non posso permettere, mi dispiace, – disse lui aprendosi in un sorriso bianchissimo che gli mutò il paesaggio del viso; e mi prese di mano i soldi.

– Sa come ti chiami…

– Ma certo che lo sa, pure io lo so.

– Ok, allora io, prima che torna con il resto, mi dileguo. Ti tengo aggiornata sulla causa Iodice. Ciao.

Silvana mi stampò un bacio e scappò dal locale, mentre Cesare, cioè il cameriere, tornava con il resto.

I meridionali pranzano tardi, tardissimo, ma alle 15.55 anche i tavoli di un'antica pizzeria cittadina sono tutti vuoti. Il pizzaiolo e quello che lo aiuta al forno guardano una serie in tv; il proprietario chiude la cassa e va a fare il primo versamento al bancomat della filiale. Il ragazzo delle consegne chiama la fidanzata seduto di traverso sul motorino. Se qualche tedesco sputato fuori dal museo nazionale guarda voglioso verso la porta a vetri, il lavapiatti scuote la testa e fa con le mani a sliding doors: «Closed» dice piano scandendo tutte le sillabe, anche quelle che non si pronunziano.

Cesare si sedette affianco a me portandomi un caffè che non gli avevo ordinato.

– Prenditi una rossa mia, dopo pranzo ci sta, – accese la sua Marlboro.

– La mia amica si è meravigliata che hai notato che ho ricominciato a fumare.

– È simpatica la tua amica.

– È un avvocato.

– Ma tu sei un'altra cosa.

– Faccio la professoressa...

– Un altro livello, voglio dire.

– Molto piú basso del suo...

– Non mi prendere in giro perché non so parlare, già è complicato cosí.

– Ma complicato che cosa?

– Dirti che per me sei una femmina esagerata, e piú passano gli anni piú ti fai bella.

– Vuoi dire vecchia.

– No, voglio dire che sono vent'anni che vieni qua, con tuo marito, con tua figlia, e poi con tua mamma, e non mi hai mai lasciato un centesimo di mancia, mai. Perfino tua figlia una volta con le amichette mi lasciò la mancia, tu mai.

– Scusa.

– Figurati, però dimmi perché.

– Non mi piace come uso, è spagnolesco, io insegno storia.

– Tua madre mi disse un'altra cosa.

– Mia madre?

– Sí, tua madre è di casa, quando stava bene veniva qua da sola e parlavamo a lungo, di te, ovviamente, e mi disse un'altra cosa...

– Che sono tirchia?

– No, che ti volevi fare superiore.

– Gesú che sciocchezza, è proprio il contrario: se non lascio la mancia è perché rispetto il tuo lavoro, la regalía è un uso borghese... ma come si è permessa di dire... no, no guarda.

– Aspetta, non ti alzare, non è una cosa brutta: lei diceva che ti volevi fare superiore perché è il tuo modo di fare quando stai in imbarazzo.

– Adesso per esempio sto in imbarazzo e me ne vado.

– Non ti volevo offendere, però qua dentro i colleghi lo sanno tutti che mi fai salire il sangue alla testa.

Gli sventolai davanti la mano sinistra aperta, cinque dita tese tese, come in un disperato *ciao*:

– Ho cinquant'anni, Cesare.

– Pure io. Anzi cinquantadue. Per questo mi permetto, non mi sono mai permesso prima, lo sai...

– Ma mo che vuoi tu da me alle quattro del pomeriggio?

– Accompagnarti a casa.

Poi, a ciascuno il suo. Dove c'è gusto non c'è perdenza. O la va o la spacca. Contento tu contenti tutti. Ogni promessa è debito. La vita è bella perché è varia. Date a Cesare quel che è di Cesare. Finché c'è vita c'è speranza. Meglio un uovo oggi che una gallina domani. Chi ben comincia è già a metà dell'opera.

A metà dell'opera mi chiese: – Posso dirti delle cose?

A quel che ricordavo, mi piaceva, sí, sentirmi dire delle cose. Veramente in quel momento avrebbe potuto dirmi tutte le oscenità che voleva: il fuoco era già divampato cosí violentemente che soffiarci su non avrebbe spostato di molto l'avanzata delle fiamme.

– Tanto dopo te le dimentichi, vero?

– Ma sí.

– Ti amo, Giulia, ti amo, mi sono innamorato di te.

Insomma la storia era questa. Mi stavo lavando il quarto di sotto nel box doccia e dall'altra parte del muro c'era un tipo a cui mia madre aveva messo nel taschino della camicia per vent'anni tutte le settimane, indipendentemente dai tassi di conversione, cinquemila lire o cinque euro. In quei vent'anni il tipo, a me direttamente, mi aveva rivolto in tutto una decina di frasi, tronche e monche e poco significanti, per il resto gli avevo solo sentito elencare ingredienti. A volte dovevo aver ordinato indicando sul menú, senza manco aprire bocca – tanto c'era mia madre. Lo stesso uomo mi aveva tenuta intrappolata sul mio ex letto coniugale per un'oretta buona, e per dare consistenza all'aria, che già grondava umori di suo, si era dovuto convincere che mi amava. Me lo aveva proprio detto, a ritmo di spinte pelviche. Ecco.

Davanti allo specchio, mi toglievo le linee di mascara colato con la crema antirughe (colato per il sudore, mica per le lacrime), e decisi ciò che andava fatto: non passare mai piú in pizzeria.

Eppure ancora, mentre mi accompagnava da mamma con la vespa, dietro di lui e senza casco, mi sentivo proprio al posto giusto: infilai la fronte tra le sue scapole e me ne stetti qualche istante cosí, a sentire come veniva pioggia e muschio e odore di sottobosco. Pure se era caldo e la città si dimenava feroce attorno a noi, e lui imprecava e prendeva i controsensi – tutti quelli che c'erano –, io fui per qualche attimo altrove, in uno spazio remoto di un'altra età.

– Pòrtatelo alla festa.
– Cazzo dici.
– Giulia/Cesare, siete perfetti: pòrtatelo al matrimonio di Elisabetta.

18

– Silvà, ma sei scema? Non so neppure se riesco a mollare mamma. Magari vengo solo in chiesa, che dici?

– Non se ne parla proprio: è il matrimonio di mia figlia e tu sei la mia migliore amica. Che ti devo dire, secondo te: portati tua mamma?

– Mia mamma verrebbe.

– Lo so bene, ma io voglio te e il cameriere.

– Invece non voglio passare mai piú in pizzeria.

– Non devi andare in pizzeria, invitalo a Nerano.

– Non verrà mai.

– Se non glielo chiedi non verrà mai.

– È sposato.

– Tu piazzi la mamma lui piazza la moglie. Ognuno ha le sue rogne. Elisabetta sarà felicissima.

– Seee, di avere un cameriere in piú.

– Giulia, tu sei la donna piú snob di tutte quelle che conosco.

– Tra quelle che non si sono rifatte, dici?

– Quelle che si rifanno, prima di rifarsi, ammettono di averne bisogno.

– Non mi sembra un gran progresso ammettere di aver bisogno di scopare.

– Te lo sei scopato già. Mo, se ne hai bisogno, è perché ti è piaciuto. Vuoi o non vuoi.

Si può resuscitare per una scopata? No, in primo luogo perché non credo nella resurrezione. Mi sembra una faticata, preferirei di no. E poi mi sembrerebbe immorale dopo aver costretto centinaia di ragazze ad adottare *Sputiamo su Hegel* come lettura per le vacanze. Però la verità è che poi la sera, stesa nel letto a dare fondo a tutto quello che di fumabile aveva lasciato mia figlia in carta d'alluminio, io mi sentivo proprio un'altra persona. Una persona che si sente bene.

E adesso che dovrei dire? Che non sono piú mai piú tornata in pizzeria, che non ci siamo visti piú e ho aggiunto quella storia all'album delle foto d'epoca?

Invece andammo insieme al matrimonio di Elisabetta, in vespa: che non è lontano, certo, ma manco vicinissimo. E io all'inizio mi sentivo come in quelle estati liceali con il ragazzo dello scientifico, quando si andava in Cilento senza prendere l'autostrada. Non che mi sentissi proprio sicura sicura su tutte quelle curve, ma settembre era cosí glorioso e la campagna cosí *felix* che pensavo: «Vabbuò, se mi rompo una caviglia qua meglio che rompersela sui sanpietrini sconnessi di via Mezzocannone, no?» E quell'altra me, quella a cui era indirizzata la spiegazione, faceva *Sí, certo*, con la testa.

Prima di scendere verso la marina ci fermammo a prendere un caffè in una botteguzza che non pareva mai di stare a pochi chilometri dalla piú bella cala della Costiera, e l'inadempienza della barista era tale che rese subito il caffè romantico. Fu allora che percepii chiaramente che non stavo sulla moto del mio fidanzamento liceale, perché sentii all'unisono e compresse le natiche, e la curva lombare e le prime vertebre e *Sí*, pensai, *mo mi viene la sciatica*.

Al matrimonio erano tutti vestiti di bianco. Tutti, tranne la sposa, che lo sapeva già, e noi, che non lo sapevamo affatto.

Anche lo sposo era vestito di bianco, anzi soprattutto lui, che si era fatto tagliare l'abito dal costumista di Ridley Scott: glielo aveva disegnato proprio lui alle Canarie nelle pause di lavorazione dell'ultimo film.

– Ma ho capito bene che lo sposo è francese? – mi chiese Cesare.

– Già.

– Allora perché è vestito da samurai? – e fu l'ultima cosa che si disse a quel tavolo in italiano, perché eravamo intruppati proprio con i parenti dello sposo, che venivano da Arles.

Io non ero mai stata una donna brutta, sí, forse al mio matrimonio, che non ci fu manco il tempo di pensarci, con la bimba nella pancia e io che m'incamminavo per la circoscrizione municipale verso l'impiegato, tutta riottosa. Adesso però, guarda: come Cesare parlava in francese del santo patrono, decollato come la sua città, e come lo seguivano rapiti, i parenti di Arles, nella descrizione, che io manco mi ci provavo a capire cosa stesse dicendo, e coglievo solo i toponimi. Avrei voluto lo sguardo complice di Silvana, ma lei stava, concentrata e bianca, ad accelerare il ritmo dei camerieri al buffet, ché non facessero fare la fila agli ospiti. Allora, sorridendo in esperanto, la raggiunsi io al posto di comando.

– Vuoi un tamburo?

– Per farne che?

– Per dare il ritmo al personale di sala: nelle galere funzionava, eh?

E un tamburo c'era davvero, perché gli sposi avevano preferito il gruppo etnico metropolitano al quartetto d'archi, e lí Cesare mi raggiunse e mi chiese se volevo ballare.

Ballare. Mentre gli altri erano al dolce. Mentre non ballava nessuno.

– No, mi metto vergogna.

– Ma se vai in balera tutte le settimane.

– Vabbè ma so ballare solo il tango.

– E vediamo se 'sti quattro scortichi lo sanno suonare, un tango.

Patteggiarono per un pezzo solo, e soli ballammo.
– Guida tu, – disse, – ché io non so ballare.
E io, speculare, guidai. Se devo dire che fummo bravissimi, no: non lo fummo. Se devo dire che qualcuno se ne accorse che non eravamo bravissimi, no: non se ne accorsero. Ci cominciarono a guardare tutti, con le forchette ferme a metà strada verso le labbra, i busti ruotati di novanta gradi tra il buffet e i suonatori, i calici congiunti al centro dei tavoli in un immobile cin-cin. Pure al contrario, lui che andava all'indietro e io che avanzavo, io che andavo solo di tacco e con la spalla che conduceva, proprio cosí: ci tributarono un lungo applauso, ed Elisabetta, felice al suo terzo cambio d'abito, venne a baciarci. Poi il gruppo ricominciò il suo repertorio etno-folk, e ai gelati tutti si lanciarono sul prato e cominciarono a ballare scalzi, a mimare movenze popolari, al che Cesare annotò:
– Napoli è piena di figlie di avvocati che suonano le nacchere.
Allora ci ritirammo in camera. Tornando verso il corpo dell'edificio incrociammo un primario ubriaco che aveva dato il meglio di sé in una pianta, e un'addetta alle camere che sfaccendava con acqua e ammoniaca per salvare il suo lavoro e il povero vegetale.

La mattina dopo dormivano tutti. Qualcuno ancora si agitava negli umori del suo stomaco, qualcuno si svegliava con una persona nel letto che se l'avesse vista nel foyer di un teatro, se ne sarebbe scappato verso il palco schermandosi il volto con il programma di sala. I cuscini di tutti erano insozzati, le rughe delle donne erano piú profonde dei solchi che l'aratro stava lasciando, a due miglia da loro, nell'entroterra, sotto i vitigni. Il cuore degli uomini scoppiava sotto la pressione dell'alcol e del Viagra. Corto il respiro, qualcuno maldestramente chiamava un caffè doppio, qualcun altro provava con la teoria della birra. I francesi davano fondo agli Alka-Seltzer. Ma questo comunque lo abbiamo ricostruito molto dopo mezzogiorno. Prima, alle nove, io mi ero svegliata e avevo trovato il letto vuoto: Cesare stava fuori alla veranda, guardava il mare. Alle sue spalle mi aveva accolto il profumo dei gelsomini e quello della sua pelle: era già rasato e bruno, dentro la camicia chiara.

– Ma i gelsomini non profumano solo di notte?
– Questi sono gelsomini spagnoli, vedi? Hanno i fiori piú piccoli e resistenti.
– E tu come lo sai?
– Me lo diceva mia madre. Ma tua madre come sta?
– Sai che gli ha detto al cardiologo che le vuole mettere il bypass?
– ...
– Gli ha detto: «Dottò, io non tengo paura della morte: tengo paura di voi».

Scendemmo a fare colazione quando i pavimenti di ceramica vietrese, blu e gialli, erano ancora umidi per le pulizie. Chiedemmo scusa, camminando lungo i battiscopa per non vanificare il lavoro degli inservienti: Cesare prese i nostri due caffè, li impilò uno sull'altro e li portò in spiaggia.

– Facciamo il bagno? – gli chiesi.
– No, io non ne ho voglia, sto bene cosí: vai tu, io ti guardo.

Allora io andai rabbrividendo nell'acqua vitrea del mattino, ma dopo pochi minuti già nuotavo e non avevo piú freddo. Davanti a me, una bracciata sí e una no, vedevo le barche lente all'orizzonte. Avanzavo e a ogni metro sentivo che l'acqua mi alleggeriva e sosteneva. L'ultima propaggine della spiaggia tirava sull'orizzonte una linea retta con le rocce dell'altra baia: andare oltre avrebbe significato prendere il largo, uscire dalla cala, ma io restai, e proprio su quella linea mi stesi a pancia in su, con le braccia aperte, a fare il morto. Lentamente le gambe affondarono, e la testa, fino ai timpani. Anche il sole avanzava, allora chiusi gli occhi e rimasi cosí, senza alcun peso: scoprivo che alla festa siamo buoni tutti a partecipare, ma quello che piú importa è come ti senti il giorno dopo.

Gli esposti

Le prostitute vi passano avanti nel regno di Dio.

Mt. 21.31

Prima della partita al San Paolo, l'immoto silenzio a cui tutte loro erano abituate si accresceva nell'attesa, nell'incredulità. Saliva dal di fuori, oltrepassava le mura di tufo, trafiggeva il San Sebastiano dell'affresco, lí sull'arco di ingresso, cosí come egli era trafitto. L'Abbadessa e le consorelle sentivano l'approssimarsi della partita salire dalle scale sdrucciole di quattrocento anni addietro, verso di loro, verso il chiostro umido. La città smetteva di affliggersi e la sospensione arrivava fin dentro le celle. Nessuno veniva a bussare al monastero né per portare offerte né per cercare preghiera. E neppure quelle vaghe marmitte di motorini sgangherati che sobbalzavano sul basalto della strada antica, neppure quei rumori remoti che dimostravano che lí fuori sí: c'era la città, tutta intera, tutta.

L'Abbadessa non vedeva oramai la città da vent'anni, avvolta dalla sua clausura. Ne aveva avuta qualche immagine dal finestrino del taxi, mentre andava in ospedale se l'ospedale non poteva venir da lei, oppure verso l'autostrada, quando erano partite per gli esercizi spirituali presso il monastero delle Clarisse di Assisi. Eppure l'Abbadessa quella città la vedeva tutta: la sentiva articolarsi attorno a lei per i vicoli profumati di candeggina, le ante dei bassi spalancate come bocche aperte sulla faccia dei palazzi terremotati. L'Abbadessa ricordava e vedeva, e un poco ricostruiva con

25

internet, che se Dio aveva pensato di mandare fin là dentro un motivo doveva esserci. Per questo l'Abbadessa sorrideva.

Si era ritirata tardi, alla clausura, a vent'anni, quando proprio ora ne aveva quaranta. Gli anni della sua doppia vita ora coincidevano e si chiudevano come le due parti della Bibbia. Metà vita era stata Silvia e l'altra metà Madre Pia. E nella prima parte di quel libro aveva vissuto a Ravello e studiato al liceo di Amalfi, e poi si era dedicata totalmente alla ginnastica ritmica. Quando allungava i tendini, recuperava una clava, avvertiva la nota d'attacco: Silvia era tutta nel suo corpo. La mente c'era, ma era servita prima, negli allenamenti. Ora lei la escludeva: doveva sentire e sentiva solo la caviglia tendersi, sentiva ed era i suoi muscoli dorsali che s'inarcavano, i quadricipiti che richiamavano le cosce al petto. Non guardava le compagne durante l'esecuzione, non ne aveva bisogno. La perfezione e l'incanto si costruivano da soli sul quadrato, come doveva essere per l'universo esploso dopo la Creazione. Ogni stella al suo posto a creare costellazioni, lei era una di quelle. Perché era una donna intelligente, e Ravello tutto l'anno brulicava di artisti e di stranieri, nella sua classe del liceo arrivavano continuamente ragazzi nuovi, che andavano via presto, figli di uno scià di Persia o di un attore di Hollywood. Cosí che la religione non era una sola, e anzi molti a Dio non ci credevano affatto. Allora Silvia raccoglieva in sé tutte queste versioni e le costruiva insieme, e si era immaginata Dio motore immobile a dar energia al Big Bang proprio come lei doveva mettere in moto l'Aprilia, se voleva che quella andasse giú per la costiera, verso Atrani. Ecco perché dentro una radio, ora, sapeva riconoscere la perfezione di un gol, e dentro il monastero, ora, sapeva riconoscere una moto dalla marmitta. Bastava avere gli occhi della mente e del cuore.

Ma allora, quando aveva vent'anni, fu mentre scalava la marcia sull'ultima curva di Pontone che Gesú la chiamò. Proprio Gesú, non gli alberi, o Dio, o la Vergine, no no: proprio Gesú. Sí, c'erano gli alberi e Dio dietro le nuvole e le rocce a picco sulla costiera, ma Gesú la chiamò da un altro luogo: dal suo stesso corpo. Le scoppiò in petto un affanno che era una felicità, ma cosí grande ma cosí grande che si dovette fermare per guardarla tutta. E stava ferma, Silvia, sotto il pino mediterraneo, in piedi accanto alla moto e ancora con il casco calcato in testa. Davanti a lei guardava la felicità. Sí, c'era una croce sullo spunzone di roccia: ma non era quello il segno. Il segno era alla bocca dello stomaco, le afferrava il cuore, la pancia e il petto assieme, e siccome aveva già vissuto vent'anni e una volta questa cosa qui l'aveva sentita già – non cosí forte ma la qualità del sentimento era proprio la stessa – allora fu costretta a dirselo: si era innamorata. E mentre lo ammetteva rideva, tutta emozionata, e si guardava nello specchietto per riconoscersi, cosí, ancora con il casco in testa, e in effetti si riconosceva.

La vita si manifestava sempre, e la città con essa: nel silenzio e nel rumore. Il monastero era proprio questa cosa qui, e le suore non lo capivano, quelle suore sempre sperperate attorno alle vite altrui: e alla stazione per i migranti, e alle mense per i poveri, e un viavai continuo di vesti sui marciapiedi, nelle chiese, a rammendare panni vecchi, e nelle missioni, e negli aerei appresso al Papa. Ma come lo trovavano il tempo di pregare, quelle là? Quando invece bastava restare fermi immoti al pozzo del chiostro e guardarvi vivere il papiro con le sue foglie per trovare la lettera quotidiana di Gesú, pegno d'amore lasciato lí per essere letto.
Oppure manco questo, perché quello di diverso che aveva Gesú rispetto a qualunque altro uomo che poteva

amare Madre Pia e da cui essere riamata (perché Silvia era una donna curiosa, e aveva esplorato Ravello in lungo e in largo senza preclusioni mentali e ci aveva lasciato un innamorato), quello che veramente aveva di diverso, era che: siccome l'aveva creata, allora poteva indurle il desiderio da ogni molecola. E raggiungerla in ogni parte del corpo, e sedurla con le parole giuste: quelle che manco cinquant'anni di matrimonio possono fondare, manco una madre verso un figlio ce le ha così a disposizione e così pronte. Era l'amore perfetto, e il monastero il suo talamo.

Ovvio che il letto va curato e tenuto sgombro ma, poiché in amore vince chi fugge, più le consorelle e l'Abbadessa si proteggevano e più diventavano una calamita di vita; più ostinate proseguivano nella loro anacronistica clausura e più il mondo: sí quello: spingeva per entrare, voleva varcare le soglie. Allora l'Abbadessa aveva deciso che andava accolto, senza dargli false speranze, e l'aveva spiegato alle consorelle. Un poco di facebook si poteva fare, ma solo la pagina ufficiale, senza profili privati. Lasciar visitare ai turisti il San Sebastiano, d'accordo: una volta a settimana; che poi i turisti guardavano la ruota, che aveva il diametro di un piatto da portata, e facevano:

– Ma qui si mettevano i bambini esposti?
– Sí, signora: a pezzi.
– In che senso, suora, scusi?
– Lo ha mai visto un neonato?
– Ho due figli.
– Le sembra che in questa ruota ci potessero andare i suoi figli appena nati? Con tutti questi scomparti?
– He he, ha ragione.
– Noi siamo monache comunque: non suore.
– He he, ha ragione.
La moglie del governatore che aveva fatto una donazio-

ne talmente generosa che finalmente si poteva restaurare *San Giorgio e il drago*, certo. E l'avvocato Paolucci che aveva fatto una donazione talmente generosa che finalmente si poteva restaurare la coscienza. Anche. E il restauratore marxista leninista amante delle donne che ogni tanto doveva fare la pipí. Per forza. E il manutentore che si era innamorato di una ragazza e mo si voleva pure sposare, e aveva fatto una richiesta per poter vivere in un quartino dal lato della foresteria. Forse. Però Gesú sapeva cosa faceva, visto che poi una sera il mondo si era presentato alla chiesa sotto forma di ladri bene informati sulle cinquecentine della biblioteca, e meno male che il manutentore stava là ancora a discutere sull'opportunità o meno dell'alloggio. Almeno avevano potuto strisciare sotto le finestre, lei per prendere il telefono e chiamare la polizia, e il manutentore per accendere la luce ai piani superiori sperando di indurre i ladri a scappare. E poi, i giorni dopo, il manutentore era entrato in ogni basso e aveva bussato a tutte le case e li aveva minacciati a uno a uno gli abitanti del quartiere, che qualcuno doveva sapere, no?

E infine il mondo aveva fatto il nido sulla terrazza di ponente, lí dove le consorelle andavano a stendere il bucato o, dopo i vespri, in estate, salivano a guardare il sole che tramontava dietro San Martino, cosí: solo con la cuffia in testa e una veste di tela leggera.

Si era posato sulla terrazza in forma di nido di gabbiano. E la bibliotecaria aveva dovuto nutrire un piccolo che pareva dimenticato dai suoi genitori, piano piano, tendendogli la carne macinata con le pinzette. Eppure, in un giorno che minacciava pioggia, i gabbiani grandi erano tornati, con un volo circolare e basso e assai stridendo. La madre, enorme vista da vicino, con il becco duro e adunco sporco di sangue di chissà quale pasto, aveva spinto il piccolo giú dalla terrazza. Cosí il piccolo aveva volato. Ed era stata quella notte, sotto la pioggia battente, dentro i rigagnoli delle strade, tra le mura di tufo che assorbivano acqua, che il citofono aveva suonato. Cento, mille volte alle tre di notte, che per la piú anziana delle consorelle era già il nuovo giorno. La vecchia aveva risposto e allora là Gesú aveva proprio esagerato.

Si erano trovate davanti quella volontaria della comunità di Sant'Egidio che conoscevano bene, che reggeva per le spalle una ragazza sottile e fragile, bionda quasi canuta: se non fosse stata avvolta in una coperta, neppure avrebbero potuto vederla. E forse non la vedevano se non in trasparenza.

– Bisogna nasconderla per la notte. Ve la potete prendere voi, madre?

– Naturalmente.

– Vi telefona domattina don Varlese. Vi manda salutando.

Il primo luogo della casa, il primo luogo del monastero, la prima stanza del mondo in cui la condussero, fu la cucina. Lí le sorelle si diedero un gran da fare con la stufa di ghisa, ma pure con i termosifoni, e quando la ragazza si sedette sulla lunga panca e si liberò dalla coperta, videro che era incinta. Allora presero cuscini e calzettoni, e una trapunta e l'infuso di erbe della vecchia monaca, e tutte sorridevano. Ma la ragazza non sorrideva, diceva «Grazie» con poco fiato in un accento corrotto. Era concentrata sulla sua fatica forse, sentiva il caldo a poco a poco sostituirsi al ghiaccio. Si distese sulla panca.

L'Abbadessa congedò le altre, poi si sedette e le prese i piedi tra le mani, se li mise in grembo e li scaldava.

– A che mese sei? Mesi, bambino, quanto? Sette? – faceva i numeri con le mani.

– Otto.

– E ancora ti fanno andare per strada, figlia mia?

La ragazza chiuse gli occhi, allora l'Abbadessa le raccontò una storia:

«Vedi, io gli uomini li riconosco dalle scarpe. Si fanno annunciare al citofono, come è successo con te, la sorella gli dà le chiavi del parlatorio attraverso la ruota, e loro aprono la porta dall'esterno, mentre io mi vado a sistemare dietro la grata, in fondo. Le ante della grata però le tengo aperte, e aspetto. Sento la chiave che gira e loro entrano, allora da quella posizione lí io per prima cosa vedo le scarpe. E so chi sta entrando, e non mi sbaglio mai perché gli uomini le scarpe non se le cambiano. Anche quelli ricchi, i politici, gli avvocati, i costruttori dei palazzi. E se se le cambiano, le cambiano con un paio di scarpe uguali. Loro entrano qui dentro e vedono una sirena: una donna che ha solo la parte di sopra, che non potranno avere mai e che non andrà mai per il mondo a raccontare le loro ignominie. Cosí raccontano tutto, ma proprio tutto. Sai? Loro lo sanno bene che io non posso né confessare né assolvere, ma vengono lo stesso da me. Qui, che sorrido e li guardo negli occhi. Mi lasciano le loro sozzure sul marmo, dove cinque secoli fa una mano lungimirante dovette incidere ECCE HOMO, e se ne vanno. Richiudono la porta a chiave e rimettono la chiave nella ruota. Questo è un monastero del nuovo millennio, il restauratore scende dall'impalcatura e va in bagno, e io i turisti li accolgo stringendogli la mano: non ci sarebbe bisogno di questo rito della chiave. È consigliato, sí, ma io non mi formalizzerei. Se non fosse che loro amano proprio questo: il rito. La cosa che piú piace agli uomini è richiudermi dentro a chiave, assieme alle loro miserie. Allora io glielo lascio fare, perché solo cosí li posso perdonare: se so dove sono deboli e glielo lascio fare. Se vedo la loro piccolezza, e a loro non gliela faccio neppure intravedere. Solo cosí riesco a pregare per loro.

E i preti? Vogliamo dire dei preti? Quelli che possono confessare e assolvere? Pure te li raccomando. Quando li abbiamo ospitati qui per gli esercizi spirituali, le monache hanno preparato il pranzo, glielo hanno portato, e quelli manco dopo il pranzo: non alzavano mai il sederino dalla panca.

"Padre Carmine, – ho detto al Vicario, – ma mica i vostri preti stanno sull'altare, che devono essere serviti? Questo, fino a prova contraria, è un refettorio. Ognuno si porta il suo piatto in cucina e se lo lava. E che miseria, 'ste cose le sanno pure i bambini, no?"

E il capo di tutti questi qui, il Cardinale... vabbuò lasciamo stare, va'».

E quando l'Abbadessa ebbe finito di parlare si voltò, e la ragazza dormiva. Era piú piccola della creatura piccola che viveva in lei. La coprí, andò al mattutino, poi si organizzò con la bibliotecaria.

– Ha la tua misura, devi darle le tue vesti. E mettiamo un letto nella tua cella cosí dorme con te.

– Ci sarebbe la foresteria, madre.

– No, meglio che stia in compagnia: è cosí ingenua, cosí sprovveduta.

– Ingenua?

– Ingenua.

Perché la ragazza del mondo non conosceva nulla, né aveva avuto tempo e occhi per immaginarlo.

Lei sapeva solo la notte, la strada lunga piena di buche, la discarica, il fuoco. Sapeva la macchina quando rallenta, il finestrino che si abbassa, il cazzo che le piscia addosso e che se ne andrà inghiottito dalla statale. Sa quello che le dice di aprire la bocca per sputarci dentro, lo stupro di gruppo che fa paura solo all'inizio, e dopo qualche minuto lei si stacca da se stessa e non è nulla piú. Pensa: *Ades-*

so muoio, e non è un brutto pensiero. Cosí poi la sua testa muore e resta solo un buco, e un buco non è niente. Invece le mazzate fanno male sempre, sempre anche quando lei diventa uno straccio, quando se la passano sotto le scarpe – la testa fa questo, smette di opporsi e allora diventa riconoscente a chi la ferisce, *Se sono uno straccio*, dice la testa, *per esistere ho bisogno di qualcuno che mi strizzi, che si pulisca le scarpe sopra di me*. Ma le mazzate fanno male sempre, finché sviene. E poi la ragazza sa che si teneva con le mani contro il cofano, mentre quello glielo metteva nel culo: lui spingeva e lei cercava di non far sbattere la pancia contro la macchina, finché lui è venuto e si è ritratto insieme. Lei si è tolta il preservativo dal culo, ché lí le era rimasto appeso, e mentre lui vomitava, chissà perché vomitava lui, si è incamminata per la campagna nera. Un passo davanti all'altro finché è cominciata la pioggia ed è entrata in un bar. E nel bar c'erano tante persone, allora la cassiera se l'è portata nel retrobottega e le ha fatto un cappuccino.

«Se non sparisci subito da qui passo i guai miei, – le ha detto. – Devi fare pipí? Di che mese sei? Pancia? Quanto?»

«Otto».

«Figlia mia, i documenti ce li hai? Do-cu-men-ti».

«No».

Allora la cassiera ha chiamato un numero e nel telefono ha detto:

«Cosa devo fare? Io non la posso tenere qua, se la trovano la ammazzano e mi chiudono il bar... Sí. No. Ce lo ha nella pancia il documento: è all'ottavo mese».

Questo conosceva la ragazza, ignara del resto del mondo, mentre riposava sulla panca. E questo sapeva l'Abbadessa, e questo sapevano le consorelle, e questo sapeva la cassiera e la volontaria della comunità. Ognuna ne sapeva solo un pezzo, un sospetto, un'idea: ma ognuna lo sapeva da qualche parte e in qualche forma dentro la sua stessa vita, dentro la pelle e il corpo, la tramontana e il caldo, la luce e la notte.

I giorni seguenti la ragazza rimise colore sulle guance, poi ne mise troppo, e allora la monaca piú anziana prese la macchinetta per la pressione e gliela misurava, mattina e sera. Nessuno le chiese se era cattolica, o di comunicarsi, o se voleva un prete per la confessione. Piuttosto le chiedevano se aveva caldo o freddo o ancora fame, se andava in bagno regolarmente. Se voleva telefonare a qualcuno, ma lei diceva sempre no. Una monaca le insegnò a firmare con nome e cognome. L'Abbadessa fece una ricerca su internet e si procurò l'acido folico.

– Ma forse è tardi, – andava angustiandosi ad alta voce.

– Non è tardi, su, – la consolava la sorella organista, che poi portava la ragazza giú nella chiesa, dove aveva sistemato da sola le casse e l'amplificazione. Lei suonava da dietro le grate della clausura, alla domenica durante la messa, e non le piaceva la qualità del suono.

– Adesso senti… aspetta, senti mo…

La ragazza silenziosa sulla panca con le mani sotto la pancia. E attaccava una toccata e fuga in Re minore, con il piede sinistro che andava cosí veloce sui pedali che sembrava stesse ballando il tip tap.

– He hee! – le faceva urlando un po', senza smettere di suonare. – È un Hammond B3, un organo degli anni Cinquanta.

Quando l'Abbadessa le trovava, l'organista si giustificava:

– È per il bambino, madre… fa bene. Ce lo hai letto tu ieri notte da internet.

– Ma diceva la musica classica: non Bach in versione bebop.

– Madre, se Dio ci ha mandato il jazz ci sarà un motivo.

Fu durante un'improvvisazione di *Swing the Blondes* che la ragazza cominciò a contorcersi e decisero di chiamare l'ambulanza. Ma lei si gettò in terra e abbracciò la monaca supplicandola in chissà quale lingua.

– No ospedale, – si capiva solo quello. – No.

E poi: – Ti prego.

Allora la Madre soffrí: per la prima volta dopo vent'anni di clausura soffrí la rabbia e l'ingiustizia e il dolore sordo della sottomissione. La vide sola, con quella stessa pancia, nei rivoli melmosi della strada Domiziana: uguale in ginocchio a dire *no* e chiedere *ti prego*. E quello che sentiva non era la rabbia che a volte le faceva il Cardinale, che poi subito passava e riusciva a comprendere. Era un'altra cosa: apparteneva a un tempo in cui la rabbia era il motore delle sue scelte.

– Va bene: no, – disse davanti alle consorelle attonite che pensavano: *Ma come no? e se muore qui? e noi che ne sappiamo? ma come no, Madre, come no? ma si potrà fare per internet pure questo?*

– Dite al manutentore di chiamare il dottore Antonio Ravasi, abbiamo fatto il liceo assieme, è una persona di fiducia.

– E sta in città?

– Sta a Chiaia, è ginecologo: è amico del monastero su facebook.

I bambini, quando nascono, nascono nudi. Questo pensò l'Abbadessa a mezzanotte, dopo che il medico ebbe annodato il cordone ombelicale e le ebbe messo il neonato in braccio. *Se reggo un monastero reggerò pure un neonato*, si disse lei che non aveva mai brillato in istinto materno.

35

– Il bimbo sta bene? – chiedevano le sorelle affacciandosi a turno nella cella della Superiora.

– Non si sente?

E in effetti si sentiva.

Quando finalmente il neonato si fu attaccato al seno della madre, e le consorelle ebbero pulito tutto, e le vecchie si erano coricate con i loro rosari, il medico chiamò da parte l'Abbadessa, e le parlò:

– Senti, Silvia, a parte il fatto che sarebbe il caso di capire questa ragazza che malattie ha, visto che non sa niente, non sapeva manco a che mese stava, diceva l'ottavo e invece la gravidanza era a termine. A parte il fatto che mo ai bambini in ospedale si fa uno screening completo e cosí sappiamo pure 'sta creatura se tiene tutto a posto... Ma poi, Silvia: la ragazza 'sto bambino lo deve dichiarare. Cioè, io mo devo fare un attestato di nascita e lei deve andare all'anagrafe e registrarlo.

– Impossibile.

– Silvia ma sei scema? Scusa. Scusa ma è la legge. Ve lo volete tenere qua dentro fino a diciott'anni? Noi passiamo un guaio, Silvia. Io e te. Soprattutto io ma pure tu. È illegale, è un rapimento, è...

– Ooohhh... e calmati. Ho capito. Ma mo a notte a notte si deve andare a dichiarare? Non abbiamo manco deciso come si chiama...

– Il certificato di nascita porta un orario.

– Ho capito. Ma uno non può andare il giorno dopo e dire: «Ieri è nato a quest'ora»?

– Ci sono dieci giorni di tempo.

– Ehhh, dieci giorni, il Signore ce ne ha messi meno per fare tutto il mondo, mo vuoi vedere che in dieci giorni non la convinco ad andare all'anagrafe...

– La metteranno in una casa famiglia, vedrai, non possono essere cosí cani da rispedirla al paese suo, o toglierle il bambino, o…

– Domattina chiamo l'avvocato Paolucci, mo vattene a dormire, va'.

– Ripasso per vedere come stanno.

– Oh, Totò…

– Eh?

– Grazie, il Signore ti benedica.

Mille volte i giorni seguenti, quando la ragazza era scomparsa e non si trovava piú, né tornava, Madre Pia si disse che la parola sbagliata era stata quella, una delle poche in italiano che poteva conoscere, *avvocato*, ripetuta incautamente davanti a lei con il sorriso: «Tranquilla, mo chiamiamo un amico nostro avvocato», a rassicurarla che avrebbero fatto tutto il possibile e pure l'impossibile per garantirla. Si batteva il petto, l'Abbadessa, e intanto le consorelle si procurarono il latte in polvere che costava un sacco di soldi, e dei biberon cosí piccini da far bollire, e la bibliotecaria, che aveva un'inclinazione speciale per l'accudimento, sfamò il piccolo ogni tre ore, e provvedeva a tutto il resto secondo un tutorial molto semplice che aveva trovato su youtube.

Ogni preghiera nella testa e nel cuore delle monache intonava che la ragazza fosse salva, non l'avesse ancora trovata la camorra, non l'avesse ancora trovata lo Stato, non le fosse salita la febbre. E poi anche, diamine, che tornasse il piú presto possibile. Con gli occhi cerchiati dalla fatica delle poppate le monache scendevano a turno a intonare le laudi, e quando anche il bambino le intonava loro guardavano in silenzio l'Abbadessa, sicure che lei avrebbe saputo trovare la giusta strada.

E infatti questa era la domanda che l'Abbadessa rivolgeva al Signore: non ciò che è giusto secondo la legge degli uomini o quella del Vangelo, ma la strada giusta da imboccare per l'avvenire. L'avvenire di tutti: di quelle creature, prima cosa. Poi del monastero. Infine anche il suo.

E intanto si sentiva quegli sguardi perplessi e impauriti addosso:

– Forza, forza: non trascuriamo l'orto, con questo freddo, non sia mai. E prepariamoci, ché ad aprile arriva il Santo Padre. Anzi devo andare a parlare con il Cardinale per chiedere la dispensa a uscire... *non gli sembrerà vero di negarmela*.

E pure il dottore, che era tornato mattina e sera: un poco lo faceva per prestar servizio a puerpera e neonato, ma molto per chiudere la faccenda. Cosí da quando la ragazza non si trovava piú era terrorizzato, aveva disdetto tutte le visite, e passava la giornata nella foresteria del monastero con il portatile.

– Impiegatelo! Fatevi aiutare! – ordinava l'Abbadessa alle sorelle. – Dottore, lei o se ne va o ci aiuta, non può stare tutto il giorno cosí, forza.

La settima sera il dottore non schiodò neppure dopo la cena. Allora l'Abbadessa, dopo compieta, prese la bottiglia di nocino della monaca anziana, e se lo portò nel parlatorio.

– Senti, Silvia: la ragazza non tornerà. A quest'ora sarà già morta. Adesso devi pensare al bambino. Sei sempre stata una donna coraggiosa e saggia. Ci hai travolti quando hai preso i voti. Tua madre è venuta a piangere tutti i giorni a casa di mia madre. E io ti ho aspettato per tutto il noviziato, mo è una vita fa e io non te lo dovrei ricordare. Ma tu lo sai, non ti dico nulla di nuovo. Nessuna è come te e questo non lo so solo io, lo sanno tutti quelli che ti incontrano... Certe volte penso che ti sei chiusa qui dentro per non incontrare piú nessuno che ti potesse rimandare l'immagine della tua bellezza e del tuo valore:

ché nessuno poteva raccoglierli degnamente. Forse solo il tuo Gesú. Adesso serve quella stessa determinazione. La cosa piú semplice è chiamare questo Paolucci e la polizia. Spieghiamo come è andata: eravamo tutti testimoni. Il bimbo verrà dato in adozione subito, e sarà stato l'ultimo degli esposti.

– Vedi, Totò, vedi... Non è andata cosí: il bambino non l'hanno lasciato alla ruota, non è entrato da solo qui dentro. L'esposta era la ragazza, e io non l'ho saputa proteggere.

– La ragazza è scappata.

– Questa non è una prigione. Non è scappata: la ragazza se ne è andata.

– È scappata dalle sue responsabilità, dico.

– E io è per questo che mi sono chiusa al monastero: per non sentire piú queste stron... mh... sciocchezze. Ma pure qua dentro le devo sentire. Di quale ca... mh... cavolo di responsabilità parli, che è arrivata qua sotto la pioggia, mezza nuda, con un marzo che fa cadere i denti, senza sapere una parola che fosse una... Che hai visto, tu, dottore laureato? Hai visto un parto. Io ho visto tutto il male del mondo accanito su un'innocente. Ho visto una bambina con la pancia rigonfia del seme di una bestia che non ha mai avuto faccia né voce né pietà. Vorrei tanto dirti che erano tutti diavoli quelli che l'hanno usata: ma sai? Io non ci credo. Sono sicura invece che erano della specie umana. Io ti dico che abbiamo piú responsabilità noi due verso quel bambino, che la ragazza che l'ha partorito. Hai capito? Capisci cosa dico?

– Capisco, Silvia, non te la prendere con me, capisco. Vieni.

E allora l'abbracciò come vent'anni addietro, quando Silvia piangeva, perché Madre Pia ora stava piangendo.

Quella notte l'Abbadessa scese alla chiesa, e si stese a

terra lungo la navata, con le braccia aperte a croce e la fronte poggiata sul marmo, cosí come quando si era sposata con Gesú. La notte ghiacciò la città, e Madre Pia restò immobile a terra, finché si tirò su, con il corpo dolorante, e tra mattutino e lodi andò a svegliare il dottore nella foresteria. Gli si sedette al capezzale. Lui sobbalzò fuori dal sonno:

– Andiamo? Vengono? Denunciamo la nascita?

– Sí, Totò, vado io.

– E puoi uscire senza dispensa?

– E uscirò, Totò, perché tu sopra a quel foglio ci scrivi che il bambino è mio.

– Tu sei pazza.

– Pensala come vuoi, e scrivi, per favore, che il bambino, a cui viene imposto il nome di Salvatore, è nato da Silvia P.

– Ma non è vero.

– Potrebbe, ho quarant'anni.

– E dove lo tenevi?

– Di me il mondo da vent'anni conosce solo il viso. La metà del corpo che si vede al parlatorio, una veste cosí larga che sotto avrei potuto farci pure due gemelli.

– È assurdo. E falso, e ti rovinerà. Ma perché?

– A te la vita secolare ti ha rovinato già. Eri cosí fiero, cosí rivoluzionario…

– Ma perché?

– Totò, in nome del bene che ci siamo voluti.

Il dottore si alzò dal letto dove aveva dormito tutto vestito, e andò alla finestra che affacciava sull'aranceto. Albeggiava, dalla chiesa saliva la preghiera del mattino, l'erba era coperta di brina.

– Ok, – disse senza girarsi. – In nome del bene che ci potremmo volere.

Appena la donna uscí al sole le girò la testa, ma fu un attimo: prese la strada antica e presto si ritrovò su via Duomo. Portava una valigia con le sue cose in una mano e un sacchetto con le sue vesti, il cordone e la fede in un'altra. Il bambino le stava appeso al collo dentro una cuna fatta con un grande scialle.

Il pantalone di quando era stata Silvia non le si chiudeva piú e le sfregava in mezzo alle cosce. Camminò fino alla Curia e chiese del Cardinale.

– Sono Madre Pia, – disse all'usciere attonito, grattandosi i capelli corti.

Il Cardinale, contrariamente alle sue abitudini, si precipitò da lei.

– Facciamola breve, Eminenza: ho avuto un figlio. Questa è una copia del certificato di nascita, lascio il monastero e me ne torno al paese mio, lo registro là, dove vivremo, sulle terre di mio padre. Qui stanno le vesti. Devo scrivere una lettera, qualcosa?

– Sorella, Madre, ma questo, questo...

– Sí lo so, sono a disposizione della Superiora generale. Qua c'è l'indirizzo. Serve altro?

– Ma... ma... il... padre?

– Non so chi è.

– Addirittura, come... come una meretrice.

– Esatto, Eminenza.

– Ma Gesú...

– No no, Gesú lasciatelo stare, con Gesú ci ho parlato stanotte.

E cosí dicendo si avvicinò al messale, aprí Matteo 21 e lo porse al prelato sconvolto.

Poi se ne andò scendendo a piedi verso il mare, e la città era grande e piena e viva: viva come nessun'altra città. E dentro la città lei era una donna con un neonato attaccato al collo che andava verso varco Immacolatella a prendere una corriera per Amalfi.

Vent'anni di matrimonio sono tanti, e lasciarsi fa paura anche se ci si continua a volere molto bene.

Ma poi, al bivio tra Atrani e Ravello, già era, ancora era, tornava a essere Silvia. E Silvia madre era solo un altro tempo di Madre Pia: una donna pratica che non pensò piú ai suoi giorni venuti, ma solo a quelli da venire. Sul Vesuvio quel pomeriggio c'era la neve.

Behave

NON SONO GRADITI I BAMBINI

NON SI DISTRIBUISCE ALCOL A PERSONE MINORENNI

Non c'è scritto «welcome» da nessuna parte, neppure sullo zerbino, nel locale dove mangia mio figlio. Lo trovo ragionevole e molto, molto onesto. «Questa è gente che dice quel che pensa», penso. E quel che questa gente pensa è: «Non mi dovete rompere le palle». Almeno il proprietario lo pensa. Non riesco a credere che lo pensa pure quella barista là, che è cosí dolce e ha le tette cosí belle e non puzza mai di sudore e non sbaglia mai a dare il resto. E sente una comanda anche oltre tre spalle di ubriachi. Ma se lavora in questo posto, penso, se quel vecchio fegatoso di George l'ha assunta, lo pensa anche lei: «Non mi dovete rompere le palle», e quindi, soprattutto, anche lei non gradisce i bambini.

Lo trovo onesto, dire ciò che si pensa.

Non è garbato, *non è carino* direbbe l'assistente sociale. L'assistente sociale non è una che dice quello che pensa. È una morta.

Non è un modo di dire, questa cosa qua a me riesce bene: io quando dico *morto*, sto proprio dicendo morto. Sto dicendo che dentro le persone normali, che camminano, fanno le loro cose, io vedo i morti. Non lo posso dire trop-

43

po in giro questo fatto, sennò mi prendono per pazzo, e proprio non ce n'è bisogno, già combinati come siamo con mio figlio, che mi prendono per pazzo. Ma chi mi conosce bene lo sa che io vedo il freddo, o il caldo, nei corpi della gente. O non vedo niente.

L'ho scoperto quella sera, chissà dove eravamo, 40 miglia ponente di Malta, 60 miglia scirocco di Licata.

Da allora ho un amico, Bill, che quando non ha un cazzo da fare – e non ce l'ha mai un cazzo da fare Bill, che per andar per mare non si è mai sposato e forse figli ce ne ha ma chissà dove e chissà con quale nome –, e cosí ora che è vecchio come me non ha un altro cazzo da fare che chiedermi di sedermi sulla panchina davanti ai docks e fumare.

Stiamo cosí sulla panchina e ogni persona che passa lui mi chiede: – Buddy, è vivo o morto quello?

Io rispondo, e lui a volte dice che sí a volte dice che no, e poi a volte li conosce e dice che è proprio sí, che ho una capacità dentro di me.

– Quell'attracco sull'isola ti ha dato i poteri, Buddy.

Poi mi dice di farmi piú in là, perché il sole si è spostato e lui non vuole restare con la gamba all'ombra.

– Questo non è *il sole*, Buddy, il sole sta in Egitto. Questo è *tutto il sole che abbiamo*: che è un'altra cosa, Buddy.

Il bar dove mangia mio figlio si chiama *Behave*, sta dentro uno di quei palazzi di cotto rosso che sono sfuggiti alla mattanza dell'amministrazione. Non l'hanno buttato giú, forse piaceva ai turisti. Qua appena un cornicione traballa ti trovi tutto il palazzo impacchettato di nastro bianco e arancio come se dentro ci fosse una bomba. «Ma io ci sono entrato fino a ieri mattina, – dico, – mica può essere diventato cosí pericoloso in dieci ore...» Però è cosí che fanno. Quella chiesa lí invece, quella dove va a bere mio figlio la sera: quella piace molto ai turisti, e ce l'hanno lasciata. Ne hanno fatto una discoteca. Le hanno anche dato una sistematina, ai dipinti e al soffitto.

Non lo dico perché sono bigotto, e anzi quelle questioni tra noi e i cattolici non le sopporto. Non sono sicuro, voglio dire, che anglicano è meglio. Cioè non come sono sicuro che l'Everton è meglio del Liverpool, questo voglio dire, non con quella certezza evidente, matematica.

Io con Dio non ci parlo molto, abbiamo questa questione del figlio che sta tra di noi, ormai da trentacinque anni, e non ne veniamo a capo: però io me lo ricordo l'odore dell'incenso in quella chiesa, e ora un poco di schifo mi fa che sull'altare invece del sacerdote c'è il deejay. Puzzano di morte pure mentre ballano, quei ragazzi, «Un po' di rispetto, – dico io, – che cazzo!»

Poi l'odore di incenso che ricordo io era quello di questa chiesa, o di tutte le chiese che ho visto girando sulle navi. Quando scendi, scendi. E se scendi, vai in chiesa. Una qualunque. Ci sono quelle in cui ti togli le scarpe, quelle musulmane, e stai piegato fino a terra, o ti metti sotto i porticati a prendere un poco di pace, prima di attraversare le vie della città nuova. O quelle dove non vedi niente e ti devi solo fidare, ché fanno tutto dietro il paravento. Quelle ortodosse: quella è stata la chiesa in cui ho sentito l'odore di incenso piú forte della mia vita. Fu una folata che mi ripulí dalla nafta e mi fece girare la testa. Ma era una chiesa senza sedie quella. Da poche ore eravamo entrati al Pireo, e il Pireo, bisogna credermi, è già lui stesso una chiesa. Quando arrivi al Pireo capisci che l'uomo non c'entra proprio niente, ha fatto tutto qualcun altro e i portuali se lo sono trovato già bello e fatto. Un gran colpo di culo, se pensi a quelli di Amsterdam o a quelli di Venezia che da mille e mille anni stanno a spalare via l'acqua.

Io entravo sempre nelle chiese, anche se avevano la forma delle astronavi o erano una sala con i neon al primo piano di un palazzo, ma insomma la prima chiesa che ho incontrato sempre, una volta a terra, dopo il tabacchi, ci sono entrato e con il massimo rispetto ho detto: «Che cazzo, questa storia di mio figlio handicappato, tra di noi, non mi fa essere sincero con te. Ma quel poco di sincero che ci trovi prendilo per buono, e falli stare bene a casa, a Jude e a Brandon. Per quanto può stare bene Brandon, tutto quello che può stare bene, lui e la mamma, falli stare bene. E non me li far mancare troppo. Ma neppure troppo poco. Tienimi alla giusta distanza da quelli che amo, Dio, cazzo».

Jude no. Jude ci è stata subito dentro fino al collo. Dentro alle cose, intendo. E questa cosa l'ha pagata, sí.
– Jude, ti porto a bere.
– E Brandon?
– Brandon ha tredici anni, può stare a guardare la tv da solo.
E Jude diceva sí, ma senza crederci. E mentre scendevamo per Duke Street, io le dicevo: – Vedi qua, Jude? Vedi questi segni? Qua era tutto cime che scendevano al mare, è per questo che le strade vanno giú dritte, perché ci dovevano intrecciare le cime per tutta la lunghezza. Qua il college non esisteva, Jude, quando sono nato io, era solo porto. Tutto porto.
E Jude guardava e si poggiava al braccio, ma non immaginava me bambino, o le vecchie fonderie a forgiare ancore, no: lei guardava quei segni nella pietra e immaginava Brandon scendere la mattina per quella stessa strada, e trascinare la sua gamba sinistra e finire proprio in uno di quei solchi e cadere, e spaccarsi il naso. E poi da lí la gen-

46

te che lo aiutava, e lui nel panico dietro gli occhiali senza ricordare il suo nome, come gli succede quando ha troppa gente addosso, e finalmente qualcuno che lo riconosce, un'insegnante o una vicina di casa: «È Brandon, il figlio di Jude, so dove abita, chiamiamo la madre...»

Tutto questo lavorava nella testa di mia moglie in un secondo, mentre andavamo a bere una cosa al pub. Io vedevo le sue palpebre tendersi dietro il rimmel che aveva messo per me e sentivo il rumore della sua mente in azione e il suo spazio, lo spazio di una donna bellissima, diviso tra ciò che occupava, sotto il mio braccio, e ciò che era: a casa con Brandon.

Io Jude me la sono vantata tantissimo al braccio, perché era la piú bella e ha sposato me, e tutti quei dolori che la malattia del bambino le ha scavato in faccia erano ugualmente bellissimi. Nulla da dire.

– Tu sei una che da una goccia d'acqua fa uscire una fontana, Jude, – le dicevo portandole un profumo dalla Francia o una ceramica dall'Italia. Lei arrossiva.

Quando arrivavamo al centro, non si capacitava di tutti quei turisti che andavano verso *The Cavern*: – Quei giovanotti non suonano piú qua da un pezzo, saranno quindici anni che se ne sono andati.

– È come un pellegrinaggio, Jude.

– Pazzesco.

Comunque il *Behave* non l'hanno buttato giú, ed è un buon posto per mettersi in salvo dai turisti e dai Beatles.

Entro che sono poco dopo le due, la porta fa *din don*, ma con il bordello che c'è dentro nessuno se ne accorge, nessuno sente, nessuno mi fila. Alla vetrina ci sono i tavoli rotondi per quelli che possono perdere piú tempo o che stanno da soli, e allora guardare fuori verso la strada

47

serve. Specie con un chicken tikka bollente davanti. Una specie di piatto locale, secondo loro che hanno passato la vita a terra a cucinare e del mondo non sanno un cazzo.

– In India lo fanno meglio, George. In India sí che lo sanno fare il tikka, – gli ho detto una volta.

– Non mi parlare di politica, Bud.

Di fronte, lungo il muro, ci sono i tavolini quadrati piccoli, per le coppie, che qua dentro sono solo vecchi, alcuni li conosco, molti no. La città poi è grande e si invecchia senza conoscersi. Altri ancora li conosco solo se li vedo seduti lí: se li vedo seduti lí la vecchia può anche cambiare bavero al cappotto o tinta ai capelli e il vecchio avere i baffi o essersi rasato, ma insomma lí dentro li riconosco. Fuori no. Come bevono le vecchie, ma reggono, cazzo. Le coppie qua si siedono di lungo, a fianco lungo il muro, non di angolo come i giovani. Cosí non si devono parlare per forza. Che è la cosa piú bella del mondo, la piú bella in assoluto, quella che mi manca di piú nella mia vita: quando esci con la tua donna, o stai in casa con la tua donna, e non ci devi parlare per forza. Quando io e Jude prendevamo anche tre pinte seduti di fianco: a guardare la gente che cambiava davanti al bancone, e il barista al lavoro, la cassiera che dava il resto, un televisore lontano acceso sullo sport, ma senza audio. Le decorazioni di Natale che avrebbero attraversato la primavera e di nuovo l'autunno per essere già al loro posto il Natale seguente. La licenza per vendere gli alcolici e l'orologio rotto che girava comunque, ma dava i secondi due alla volta, e poi piú niente per un po'.

– Quando le cambia le pile a quell'orologio, secondo te, Jude?

– Secondo me mai: lui lo tiene di spalle, che se ne fa di un orologio di spalle? Manco lo vede, con tutte quelle bottiglie rovesciate lí in mezzo.

48

Questo ci dicevamo io e Jude, magari per tutto un pomeriggio solo questo. E poi: – Andiamo?
– Andiamo.

Oppure andavamo a passeggiare ai magazzini per vedere il mare. La tenevo sotto braccio o lei stava qualche passo avanti, perché le dava fastidio che qualcuno, io in particolare, invadesse l'orizzonte. Però da sola non ci veniva mai, non ci sarebbe mai venuta. O forse voleva essere guardata contro il mare, con in controluce quel cielo pesante e luminoso come il piombo quando lo lucidi bene. Perché era una bella donna. Ma comunque stavamo cosí per ore senza parlarci, in perfetto silenzio finché uno dei due diceva: – Andiamo?
– Andiamo.
Questa cosa nella vita non la puoi fare con nessuno se non ti fidi al mille per mille. Io non la faccio con nessuno, pure con Bill qualche cazzata sulla squadra ce la diciamo, e con Brandon anche. Anzi con Brandon parlo continuamente perché ho paura che nel silenzio arrivi qualcosa su cui io poi non so cosa pensare. E poi Jude mi ha insegnato cosí fin da quando lui era piccolo: che gli dovevamo riempire la testa del mondo che c'era attorno.
Solo con Jude io mi sono potuto permettere la ricchezza del silenzio perfetto: perché sapevo che non stavamo perdendo nulla. E questa cosa qui se non l'hai mai sentita, non la puoi capire.

A metà del bancone George solleva gli occhi su di me e io gli faccio cenno con la testa: *No*, che non voglio ancora bere, sono solo venuto a vedere Brandon a che punto sta.
E Brandon sta là, dove il locale si apre sulla sala grande, con cinque tavoli che ci si possono sedere anche sei

49

persone, otto se ti fai portare gli sgabelli per i capotavola. E poi c'è un bancone in disuso che George mette in piedi solo per le feste grandi, una o due volte l'anno, poi la porta del bagno e poi la tirata dei finestroni con quattro tavolini piccoli e una panca lunga, cosí che quando ti siedi non puoi manco appoggiare la testa, che dietro hai il vetro. Però la panca è comoda.

Brandon sta là, in piedi, ancora con la giacca a vento addosso e il cappello tirato sulle stanghette degli occhiali, e neppure la borsa ha poggiato per terra.

Sono le due, non dev'essere entrato da molto, chissà quanto ancora ce ne vuole. Brandon guarda verso la sala, è di spalle ma so che sta sudando, è impossibile non sudare quando stai dentro con gli stessi vestiti di fuori.

Ma lui è troppo teso per pensare alla temperatura, per pensare di poggiare la borsa a terra. Tutti i tavoli davanti a lui sono occupati e lui sta pronto per prendere il prossimo posto, appena un tavolo si libererà. Ha una gamba in avanti e una dietro, come se fosse ai blocchi di partenza, e gira la testa sudata, incappucciata, a destra e a sinistra come un uccellino per mettere bene a fuoco tutto, dietro quei vetri duri, e per non perdere di vista l'ordine dei tavoli. Sta cosí per un poco, a una certa distanza.

È uno che sa stare al suo posto, lui.

Appena si libera un tavolo ecco che escono dal bagno due donne: sono mamma e figlia, si scambiano un'occhiata di trionfo ché hanno trovato subito da sedersi. Ma poi la figlia si accorge di Brandon e tira la manica della mamma: la donna lo guarda, lo vede congestionato, non so: io ho lui di spalle e vedo bene la signora che gli sorride, gli parla, toglie dalla sedia la sua borsa. Poi si ferma, insiste, guarda sconcertata la figlia, e io lo so cosa sta succedendo: che Brandon non le risponde. Lei gli starà dicendo: *C'era prima lei, scusi,* e lui la sta guardando e non le risponde. La signora e la figlia decidono di sedersi, lo studiano ancora un po', confabulano qualcosa, poi passano al loro menú.

Brandon è strano, se non lo conosci, ma qui al *Behave* lo conoscono tutti, perché ci mangia tutti i giorni di lavoro da quando aveva diciotto anni, e adesso ne ha trentacinque. Adesso è sabato e fa mezza giornata, però non torna prima a casa, viene a mangiare qui e io ne approfitto e vengo a farmi un boccone con lui.

Brandon ha tutte queste amiche con cui parla, questo lo fa sembrare ancora piú strano, perché qui i maschi e le femmine o fanno sesso o fanno vite separate. Finché non si sposano, dico. Invece Brandon – anche a scuola era cosí, quel poco di scuola che ha fatto – ha sempre avuto amiche femmine. Da ragazzo glielo dicevo: «Guarda che mica è normale che hai tutte queste amiche femmine. Ma che cazzo vi dite, si può sapere?», ma adesso che è adulto, e qualche volta è lui che mi offre da mangiare, con il suo stipendio contro la mia pensione, adesso che gli dico piú. Se gli dicessi cosa fare lo offenderei, forse lo sa meglio di me cosa fare. È per non offenderlo che non posso farmi vedere e devo aspettare: lui deve conquistare il suo posto da solo.

Ora si alzano quei due anziani e lui è il prossimo in attesa. Resta al suo blocco di partenza mentre loro si mettono il cappotto e già in piedi bevono il fondo della birra. Intanto un altro cliente che pure aspettava vede che Brandon non fa nulla per avvicinarsi, resta un po' indeciso, guarda i vecchi allontanarsi e Brandon teso ma fermo, cosí dubita delle sue intenzioni e lo scavalca, e quando vede che lui non reagisce ancora piú deciso si siede e comincia a togliersi cappello e sciarpa. Dal suo posto lo fissa: capisce di averlo scavalcato, ma guardandolo finalmente in faccia capisce anche che c'è qualcosa di strano, e che quindi forse non voleva veramente sedersi. Cosí si rilassa.

Tutti i posti sono di nuovo occupati e Brandon è sempre lí, in piedi, con la borsa stretta nella mano.

Ce ne vorrà per un mare di tempo, cazzo. Esco a fumare sulla soglia. Come piove a queste latitudini, di questi tempi.

Come quella sera, 40 miglia ponente di Malta, 60 miglia scirocco di Licata. E a tratti dimenticavamo dove eravamo e guardavamo la carta nautica e il radar, ma sempre piú spesso, per essere sicuri di non stare sulla rotta di Gdańsk, ché nebbia se n'era alzata che pareva ghiaccio proprio come sulla rotta di Gdańsk, ma quello era un altro viaggio.

Perché quando si sta sulle navi e non si cambia l'equipaggio per molte tratte, c'è sempre un momento, che dura poco, ma è un momento che si sente e non puoi sapere quando accade e cosí non ti salvi mai, c'è sempre quel cazzo di momento che ti dimentichi dove stai andando.

«Stai in mezzo al mare, Bud», questo sai dire, e il mare in questo non ti aiuta. Perché se ti guardi attorno per orientarti, è solo mare che vedi.

La prima volta che mi è successo avevo sedici anni, e in questo cazzo di bar dove mangia mio figlio non mi avrebbero servito alcol. Se pure esisteva questo cazzo di bar all'epoca.

Ad arrivarci, qui, all'epoca, non ci si orientava: mica insegne e vetrine di negozi, mica negozi e monumenti e gallerie d'arte, mica arte qui. Solo magazzini e cime. E il porto, senza fine. La fine del porto era il mare. Avevo sedici anni e non viaggiavo da molto, ma abbastanza sí. Era solo il terzo viaggio sulla *Starita's*, ma eravamo sempre gli stessi, o quantomeno io vedevo per giorni le stesse facce. Da sei mesi navigavamo senza tornare, ma io avevo bene a mente, allora, i porti che toccavamo. Era per bere bene, finalmente, e vendere un po' di sigarette della razione, e per le ragazze. Cosí, pensa pensa, un pomeriggio mi dico: «Bud, al primo porto devi mandare una lettera a casa». E qual è il primo porto? Qual è il prossimo porto? Da dove siamo partiti? Cazzo, fu proprio brutto, durò parecchio tempo e non potevo chiedere a nessuno, perché tutti su una nave sanno dove si va. E c'era quel tipo, quello come si chiama, quel tipo che stava sulla nave da molto ed era un mio superiore (tutti erano miei superiori). Un superiore è l'ultimo a cui puoi chiedere, perché la nave è come se fosse sempre una caserma, anche se è uno stupido mercantile come quelli su cui sono stato buttato io per quarant'anni. Quarant'anni di caserma in borghese, e proprio il nostromo mi guardò serio e mi vide che giravo su me stesso come un verricello.

– Cosa hai perso, ragazzo? – mi fa.

Già, cosa ho perso?

– Niente, signore.

– E allora perché giri come un verricello?

– Niente, signore, cercavo chi mi poteva dare una sigaretta.

– Io non fumo, ragazzo, ma quando perdi l'orientamento è inutile che guardi lontano. Quella è la prua e quella la poppa, sopra c'è il cielo e sotto il mare e tu stai in mezzo. Cosí ti devi dire, ti abituerai.

E infatti cosí fu una questione di minuti, poi mi ricordai tutto: Bremen. Avevamo lasciato Genova e stavamo doppiando Gibilterra per andare a Bremen. Pochi giorni di viaggio. Ecco tutto, da Bremen avrei mandato una lettera a casa.

Succede sempre anche al comandante: la differenza tra la pensione e il lavoro, la differenza piú forte dico, sta in

53

questo, che non vai piú per mare, con tutto quello che segue, tipo queste cose qui.

Solo in Grecia non succede mai: in Grecia da un'isola o dalla costa, se hai gli occhi buoni, senza binocolo, senza nulla, vedi sempre già un'altra isola. I greci non ce l'hanno il mare, non è mare quello. È un ponte. Ma tutto il Mediterraneo non fa paura mai. Ne succedono pure di cose, nel Mediterraneo, come quella sera, 40 miglia ponente di Malta, 60 miglia scirocco di Licata... Però a un marinaio quel pozzo lí non fa mai paura. Nell'Atlantico, invece, le correnti tirano la chiglia come cime fatte d'acqua, e agganciate al vento. E nel mare di Barents improvvisamente ti nascono attorno i ghiacci e ti lasciano in secca manco fosse l'inizio del mondo. E fuori la costa bretone, quando pensi che sei arrivato a terra, la marea gonfia e ti alza in cielo come se le nuvole fossero calamite e sentissero tutta la ferraglia con cui è costruita la nave. Quelle cose lí fanno paura.

Il Mediterraneo no. Cosí rassicuravo mia moglie prima di partire, le dicevo: tranquilla, vado a Marsiglia. E lei tranquilla stava. Per quanto tranquilla poteva stare mia moglie Jude, che aveva il cuore senza sosta da quando era nata.

– È normale che il cuore non si ferma, Buddy, che dici?

– Sí, ma il tuo va di piú, amore, – facevo io, – fa piú leghe il tuo, e consuma un sacco di nafta.

Era la nafta per nostro figlio Brandon che era nato storto e storto era rimasto, ma l'avevamo capito a poco a poco, perché all'epoca non c'erano tutti questi strumenti di adesso.

È che mica cresceva come gli altri. I dottori non ci facevano tanto caso, e neppure io, lo vedevo solo un po' lento, un po' miope, ma molte cose mica le vedevo. Sua madre sí. Jude era capace di insistere con i medici anche se quelli non le davano ragione, finché qualche anno dopo sulle carte scrivevano proprio quella cosa che Jude aveva visto prima di tutti. E c'era un tempo in cui Jude continuava a sapere che Brandon non cresceva come gli altri, ma poteva aggrapparsi alle parole dei medici e sperare che avevano ragione loro. E cosí dopo qualche mese o qualche anno, quando arrivava quella carta che la diceva definitiva sull'argomento, a Jude le prendeva un dolore ancora piú grande.

– Ha la gamba piú corta dell'altra, il piede piú piccolo.

– No, signora, non ce l'ha.

– Va bene.

– Facciamo gli esami strumentali noi, mica andiamo a occhio, stia tranquilla.

E io le dicevo: – Visto? Stai tranquilla –. E poi: – Jude, è una tua fissazione: le gambe sono uguali.

– Guardale nello specchio, Bud, – mi faceva, – non mentre le muove, che vedi solo quello che fa, che stai concentrato su quello che fa: guardale nello specchio e dimmi.

E io effettivamente a guardarle nello specchio la notavo una differenza, ma non glielo dicevo.

Mi ricordo quel giorno che io ero appena sbarcato e andammo a prenderlo insieme a scuola per fargli una sorpresa, e arrivammo che loro stavano ancora in palestra e la sua insegnante ci disse di andare a spiare. E noi spiammo tutti quei bambini che lanciavano la palla verso la porta, chi con il piede e chi con le mani e chi sbagliava e chi andava dritto e forte come Peter Reid, e Brandon tutto emozionato da un lato che guardava soltanto e si muoveva un po' su se stesso, come un pupazzetto a molla. E ce ne tornammo nell'atrio della scuola senza parlarci per molto tempo.

Poi aveva lasciato la scuola presto, ma ci avevano dato un sussidio per lui, e a diciotto anni l'assistente sociale l'aveva impiegato in una ditta di pulizie. Era un lavoro utile, e lo poteva fare. Cosí l'avevano inserito in questo gruppo di lavoro e lui aveva una pausa pranzo in cui andava al *Behave* e ovviamente al ritorno faceva sempre tardi e arrivava che stava ancora masticando, ma quelli del gruppo facevano conto di non vederlo. Erano gentili perché gli unici colleghi con cui aveva un poco di rapporto erano femmine.

Il primo giorno di lavoro di Brandon, Jude non riusciva a prendere calore. Le avevo fatto il tè bollente, ma lei nulla, non riusciva a prendere calore. Brandon si era vestito con la tuta che ha adesso, blu, e con il giubbotto catarifrangente, e le scarpe antinfortunistica che pesavano molto sul suo piede storpio, con tutto il ferro che c'è dentro, e che all'inizio gli ricordavano le scarpe ortopediche con cui aveva zoppicato verso scuola. Adesso invece ne è molto orgoglioso, non va a letto se non le pulisce. E cosí a diciotto anni era andato, da solo, a lavorare, con il P60 e il medical record.

Vedendolo andare, Jude gli aveva sorriso, ma poi, appena Brandon aveva chiuso la porta, aveva cominciato a battere i denti.

– Misurati la febbre, Jude.

E lei se l'era misurata, ma non aveva niente, e cosí non ci spiegavamo da dove veniva tutto quel freddo a maggio inoltrato, finché lei aveva detto: – Quando noi moriremo, lui che farà?

– Farà quello che fa adesso: lavorerà, andrà a mangiare in quel posto che gli piace in centro, avrà tutte quelle amiche femmine con cui non si capisce di cosa parlano… normale, Jude.

– Senza di noi non se la caverà.

– Se la caverà: non è un paese, questo, che ti lascia a terra se non hai famiglia, – le dicevo, ma non ci credevo manco io, e glielo dicevo solo perché era la stessa frase che ci aveva detto l'assistente sociale quando aveva trovato il lavoro a Brandon.

Ma io lo sapevo che Jude, ogni volta che mi imbarcavo, andava a portare da mangiare, tutti i giorni, a una donna che era andata a vivere in uno di quei palazzi in via di demolizione. Si era chiusa là con i suoi tre figli, e manco la corrente elettrica aveva, ma intanto che le cercavano una casa lei che poteva fare? E meno male che non sempre l'amministrazione ha i soldi per abbattere e ricostruire, e cosí fanno uscire tutto quel nastro bianco e arancione attorno al palazzo, come fosse un pacchetto regalo, e magari chi ha bisogno resta tranquillo per un po' di anni, dentro al pacchetto. Là andavano a finire i miei maglioni, ne sono sicuro, quando si facevano vecchi e io volevo tenerli comunque per imbottirmi sotto l'incerata, e Jude diceva: «Ma che figura mi fai fare?», e me li confiscava.

Comunque quel giorno, il primo giorno di lavoro di Brandon, pareva che l'avevo convinta, quando lei, come fa lei, aveva cambiato la rotta del discorso.

– Ma tu non ti senti mai in colpa, Buddy?
– In colpa?
– Eh, in colpa.
– In colpa come quando sbaglio una manovra, dici?
– ...
– In colpa cioè che è colpa mia, tua, che Brandon sta cosí?
– ...
– No, – avevo detto sinceramente. Allora lei era scappata via in un'altra stanza a piangere. E io avevo capito che quel mio «no» la stava lasciando sola, e volevo far venire anche lei da questa parte, dove non ci si sente in colpa. Allora le ero andato dietro e l'avevo abbracciata come se la stessi incontrando per la prima volta dopo tanti mesi. Perché Jude aveva questo: che con una sola parola io po-

tevo farla sentire abbandonata come se fossi stato in viaggio, però anche il contrario: anche da lontanissimo potevo farla sentire protetta come quando c'ero. E io lo sapevo che avevo questa responsabilità bellissima da sostenere. E allora mentre l'abbracciavo le spiegavo: – Noi non abbiamo sbagliato nulla, Jude, non abbiamo voluto un figlio malato, abbiamo mangiato bene, siamo andati dal medico in tempo... È stato il destino che lo ha fatto uscire storto, però adesso guardalo: è il piú diritto possibile. Che abbiamo da sentirci in colpa, noi? – E dicevo *noi* per quella storia di non lasciarla sola da una parte, perché io, in verità, in colpa non mi sentivo per niente.

– Hai capito, Jude?

– Sí.

– Mi prometti che ci pensi a quello che ti ho detto?

– Sí.

E lei dopo qualche giorno, mentre io stavo preparando il sacco per imbarcarmi di nuovo, aveva riattaccato da quel punto lí, e mi si era fatta sotto e mi aveva detto: – Mi sento in colpa perché sono piú sana di lui, ho i piedi piú sani dei suoi, i miei occhi ci vedono meglio, la mia testa è piú veloce. Perché di lui dicono che è handicappato e di me non lo dice nessuno.

C'era un fatto tra me e Jude: che quando Jude era sincera, era sincera. E io trovo onesto dire ciò che si pensa.

Lei lo amava piú di me, piú di tutti. Però questo amore faceva male. Jude aveva una ferita sul cuore, ecco tutto. Una ferita che poi le ha bucato il cuore e l'ha uccisa.

– Infarto.

– E lo sapevo...

– Da molto sua moglie era malata di cuore?

– Dottore, ma lei l'ha visto mio figlio?

– È una cardiopatia ereditaria?

– Lasci perdere… – Poi chiamai Brandon e gli dissi: – Brandon, mamma è morta –. Lui ci guardò e rimase com'era. Un poco serio e un poco no, un poco arrabbiato e un poco felice. Rimase Brandon.

– Brandon, – gli dissi, – telefona alla zia Miriam a Dublino, dille che la sorella sta male, non le dire che è morta. Hai capito?

– Sí, facciamo finta.

– Esatto, dille di venire in giornata, col primo traghetto per Birkenhead. Il numero sta appeso sul telefono, è quello piú lungo col prefisso lungo. Hai capito?

Miriam disse che voleva un funerale cattolico, perché Jude era stata cresciuta cosí, e poi la cattedrale cattolica di Liverpool era piú bella di quella anglicana.

– È piú grande, Miriam, è solo piú grande, non è piú bella. Ed è piú grande perché l'avete fatta dopo e vi siete presi le misure.

– Non mi parlare di politica in questo momento, Bud, – rispose lei.

Io le lasciai fare quello che voleva. Brandon l'aiutò molto, e durante la funzione scoprii che sapeva tutte le risposte giuste da dare al sacerdote.

Io pregai per conto mio: «Dio vaffanculo, tu sei eterno, come cazzo ti permetti, uno come te che cazzo ne sa?»

E poi i giorni dopo, quando il dolore si fece come il mare aperto, tornai a pregare normale: «Dio, non te la prendere che non credo a questa storia dell'anima. Capiscimi, mi fa ancora piú male. Se penso che Jude può stare da un'altra parte e io manco posso farle una telefonata come quando arrivavo nei porti, appena toccavo terra… non ce la faccio. Piuttosto aiutami a non farmela mancare troppo. Ma nemmeno troppo poco, Dio. Tienimi alla giusta distanza dalla morte, Dio, cazzo».

Perché la morte è questa fregatura immensa che se arrivi in ritardo un sacco di cose che volevi ancora fare e dire a quella persona non le puoi fare e dire piú. Io in particolare mi ero dimenticato di chiederglielo – perché avevo sempre pensato «poi glielo chiedo, a Jude» –, come cazzo si fa quando Brandon sta in piedi un'ora al *Behave* e non prende posto? Cioè, si va via? O si resta? Mi devo far vedere o no? Queste cose Jude le sapeva, ma io non gliele ho mai chieste.

E poi ovviamente le dovevo dire di non morire e non ho fatto in tempo.

E mica sono scemo che penso che questo cambiava qualcosa. Solo che io volevo dirle: «Jude, non morire mai, non prima di me».

Quella notte, 40 miglia ponente di Malta, 60 miglia scirocco di Licata, procedevamo in una nebbia che non aveva nessun motivo di stare lí, quando avvistammo una corona che galleggiava, era leggermente fosforescente e il suo diametro poteva essere quello di un boccaporto, non di piú.

Mi sono chiesto per tutti questi anni se il respiro che ho sentito era il vento che cambiava direzione, la tramontana che si faceva scirocco, o era proprio il respiro dell'uomo. Ho detto, mentre ci avvicinavamo: «Là ci sono degli uomini in mare». Sono stato il primo a dirlo. «Sono vivi». Perché quel vento che mi era arrivato in faccia era caldo, e attorno c'era una nebbia che non ci sta mai, a quelle latitudini.

Si erano aggrappati a una gabbia per i tonni, non c'era nessun rimorchiatore a trainarla, ma i pesi la tendevano fino a giú, molto profondamente, ed erano dei buoni pesi, che dovevano reggere alle spinte dei tonni. E in alto c'erano due tubi circolari galleggianti, e tutt'intorno uomini, con le teste fuori e il corpo dentro, a marcire nel freddo della notte, a spugnarsi di sale, e tanto era il sale che gli era salito in corpo che la vedevamo splendere al largo, questa corona nella notte. Ché degli uomini non possono splendere cosí tanto, secondo me, se non hanno il sale fino agli occhi. Abbiamo subito spento i motori per non fare onde e per sentire qualche voce. Ma nessuno parlava.

«Sono morti», dicevano tutti.

«No, sono vivi».

È che non potevano parlare, perché l'umido del mare gli aveva attaccato la gola. E quando li abbiamo illuminati con i fari direzionali e loro ci hanno guardato, i loro occhi erano bianchi e vuoti. C'è stato un gran darsi da fare con Jim che coordinava il recupero e il capitano che si informava sulle leggi territoriali perché si capiva che venivano da un altro continente. Io ne ho tirato su uno, la sua mano era come una pietra di carbone ghiacciata, come quelle che si trovano sulle coste di Anversa perché ce le portavano dall'Essen, e lí le imbarcavano. La sua mano ormai non poteva stringere piú nulla, cosí l'ho afferrato al polso e quando ho tirato ho avuto paura di romperlo questo ragazzo enorme di manco vent'anni che aveva perso la sua giovinezza in un naufragio. Gli abbiamo dato acqua e coperte, e finché non sono arrivate le charlie papa della guardia costiera per il trasbordo io gli ho tenuto quella mano in mano. Ma per rassicurarmi io: volevo cercare di far diventare quel carbone carne, quel ghiaccio dita. Se questo è un uomo deve avere le mani, dicevo.

Poi li abbiamo persi di vista, a bordo della guardia costiera, e il nostro capitano con loro. Quando sono andati già albeggiava e qualcuno ci ha portato del disinfettante, e abbiamo fatto quello che va fatto. La deviazione ci aveva fatto approdare, e saremmo stati un paio di notti fermi all'isola per sbrigare le formalità, senza attraccare in porto, non so se perché il porto era troppo piccolo o noi troppo a rischio infezioni. Ma non eravamo contenti, mentre di solito si è molto contenti degli imprevisti, perché ti fermano. E quando stai per mare e ti fermi, invece di allungare il viaggio, lo accorci. Quella notte però non eravamo contenti, e ci chiedevamo dove li stavano portando e da dove arrivavano e dove sarebbero andati. E ci avvicinavamo a terra soltanto con l'elica ingranata perché non c'era voglia di fare onde.

Allora cominciammo a vedere degli stracci e io sentii il vento di tramontana gelarmi le guance e dissi: «Quelli sono corpi. Morti», e difatti ne pescavamo con i ramponi, e anche i pescherecci si erano mossi verso terra dopo la notte di pesca e pure loro li vedevi tirare con i ramponi le carcasse. Una donna, capii che era una donna perché le vidi un seno nero nel mare nero, con la pancia gonfia d'acqua, la tirammo su e io sentii ancora piú freddo e dissi: «Non è acqua, è incinta».

Quando arrivammo a terra gli isolani stavano sulla spiaggia e parlavano a voce alta con la loro polizia e una vecchia, ma proprio vecchia, che mi dissero che non aveva mai lasciato l'isola da quando era stata partorita su un tavolo di cucina, ci disse qualcosa che Robert tradusse: «Chissà che croci devono tenere nei loro paesi, per venire a morire sulla nostra terra». Croci era un riferimento al modo in cui è morto Gesú Cristo, spiegava Robert.

E io allora là ho pensato alla mia croce. Perché sempre mi succede cosí, che a patire per gli altri è per me stesso che patisco, e una volta a terra ho dovuto subito chiamare a casa, non era ancora l'alba e Jude l'ho fatta saltare giú dal letto terrorizzata, perché lei dormiva serena che io stavo nel Mediterraneo, e mille volte le avevo ripetuto che non fa mai paura, quello, da quando è stato creato il mare.

Poi si è tranquillizzata subito, perché ha sentito la mia voce, e mi ha raccontato che mentre andava verso il telefono, che sta solo a un corridoio di distanza, la sua testa aveva già costruito la scena: e lei era certa che avrebbe sentito la voce di un altro, in una lingua sconosciuta, o in un brutto inglese, che le annunciava il nome di un ospedale o di un obitorio. Invece era la mia voce che la svegliava dal sonno. Ero io che piangevo, che la chiamavo nel Merseyside per sapere se lei e Brandon stavano bene, e per dirle che io stavo male, che mi ero disintegrato in un braccio di mare.

Era una cosa che a pensarci adesso mi sembra strana: io quella notte non stavo piú bene in nessuna parte del mondo. E sí che era come mille altre notti, che si poteva stare al caldo e sereni a bere a terra, e fare chiacchiere e guardare i giovani fare i cretini con le paesane. Eppure non era cosí, e avevo bisogno di dirmi continuamente che io, Jude e Brandon stavamo bene, o perlomeno uguale. E la testa lo sapeva che quel ragionamento era corretto. Ma il petto continuava ad affannare. La testa ragionava e il corpo se ne andava per i fatti suoi. Io se avessi potuto – fu il mio sogno da sveglio quella notte, l'unica immagine che mi dava un po' di pace –, avrei corso sul mare senza fermarmi mai, ma a piedi, mica con la nave. La nave mi dava angoscia.

Sull'isola c'era questa chiesa che è veramente brutta, brutta in una piazza brutta. È una chiesa cattolica. Non è brutta per questo, ma proprio perché la gente che sta a terra non capisce molto, e gli architetti stanno a terra.

Comunque io entrai in questa chiesa e mi inginocchiai e chiesi a Dio di aiutarmi prima di tutto a togliermi quell'ansia dal petto, che con quella mi sarei presto ammalato. E io non mi posso ammalare, perché mio figlio è malato da sempre, e questo ci ha tolto la possibilità di ammalarci. Quindi la prima preghiera è stata per me, piú o meno la solita, con questa storia dell'ansia in piú. E poi, a mano a mano che quello mi guariva, gli ho guardato sulla testa del suo, di figlio – che è quello che sta in croce, sanguina e ha una corona di spine – e quando ho visto quella corona mi sono incazzato veramente come una bufera.

«*Behave*, – gli ho fatto, – statti al tuo posto, Dio, e levati quella corona di spine dalla testa in segno di rispetto».

Al ritorno ho fatto la domanda di pensione. Era il 12 ottobre 1998, l'8 marzo dell'anno dopo è morta Jude.

Quando rientro al *Behave* George mi passa una pinta, e io me la tengo, me la prendo senza neppure dirgli grazie, perché George è uno che non vuole tante smancerie. Guardo ancora la sagoma di Brandon, in piedi, di spalle, che non si è mossa, con tutti i vestiti addosso, la borsa stretta nella mano rossa, e teso. Guardo sui tavoli e mi faccio il conto di quanti ce ne sono ancora con i piatti pieni, e quali con i piatti semivuoti. In attesa non c'è piú nessuno. Quindi andrà cosí: che quando il primo di questi tavoli si libererà, Brandon aspetterà ancora un poco in piedi, con quella sua aria da pupazzetto a molla che ha finito la corda e nessuno lo ricarica, e poi quando vedrà che nessuno lo guarda, nessuno lo supera, nessuno neppure gli chiede «C'era prima lei? vuol sedersi?», allora si siederà. Ci manca poco. Bevo mezza della mia pinta e mio figlio Brandon è curvo su se stesso, ma non è la stanchezza e non è neppure il peso: è che non se ne accorge. Brandon non guarda come si muovono gli altri o come stanno fermi gli altri, Brandon è Brandon e gli altri, tutto il mondo degli altri, intendo, contro uno come lui, possono farci proprio poco. È lo stesso motivo per cui da trentacinque anni ha la bocca aperta e la lingua tra i denti e butta giú la saliva solo se deve parlare: la mandibola pesa, va giú da sola. Jude glielo diceva spesso, di chiudere la bocca, ma era quando ancora pensava che non ce l'avrebbe fatta da solo, e che piú simile agli altri era, meglio sarebbe andato. E tutti piú o meno portano la bocca chiusa e la lingua che non si vede. Bisogna farci caso. Pure io. Però pure io se mi metto, e mi ci sono messo in questi trentacinque anni tante volte mentre nessuno mi vedeva, pure io se mi metto rilassato, se non ci penso o me lo dimentico proprio che la bocca si porta chiusa, come i bottoni del colletto quando metti la cravatta per andare al sunday service, anche la mia mandibola casca giú, e la lingua viene un po' fuori. E allora mi guardo allo specchio e sono veramente felice perché torno a essere come si era da giovani, che si camminava con il baby pullman per la città, e quando incontravamo qualcuno quello diceva: «È tutto suo padre». E Jude andava in bestia.

Ecco, si è seduto. Adesso prende il segna-tavolo e torna ad alzarsi e viene verso il bancone e ha tutti quegli enormi occhiali appannati per il sudore.

– Sandra, hai visto? C'è mio padre...

– Sí, che ti preparo, Brandon? Se non ti sbrighi, il cuoco chiude la cucina.

– Ciao, Brandon, hai gli occhiali appannati.

– Fa caldo. Voglio una scouse, e una anche per papà.

– Ok, grazie.

Cosí lasciamo sotto le tette della barista il nostro segna-tavolo e ce ne torniamo a posto. Ci togliamo i giacconi.

Qui funziona cosí: che tu prima prendi un tavolo e ci lasci le tue cose sopra, poi guardi che numero c'è sul tavolo, vai in cassa e ordini, e loro quando è pronto te lo portano a quel numero. Però Brandon ha fatto molta confusione per molto tempo con questi numeri, e capitava la zuppa di cipolle a uno che le odiava, o che Brandon doveva pagare anche per cose che non aveva mangiato. Cosí lui e la barista avevano inventato la questione dei segna-tavolo: lui glielo porta insieme all'ordinazione, e pace.

– Cazzo, papà, tu di sabato sei puntuale come lo stipendio, eh?

– Mi dà sui nervi quando usi queste parole.

– Tranquillo, offro io.

– Che c'entra?

– Che sei nervoso. Ma tranquillo, offro io: ti ho tenuto il posto.

– Grazie.

Cosí mangiamo le nostre scouse, e poi quando abbiamo quasi finito sento un gelo, ché mi hanno aperto la porta alle spalle e mi giro per dire *che cazzo chiudetela che entra il gelo* e vedo l'assistente sociale che chiede un caffè. Ora sta in pensione pure lei, ma è rimasta assistente sociale dentro, Brandon vuole alzare il braccio per salutarla e io lo blocco: – Ssh, non ti far vedere, andiamocene da dietro, dài.

– Ma perché?

– Quella è morta, Brandon. È morta e non se n'è accorta, dài, andiamo, zitto.

– Che stupido che sei, papà, – dice lui mentre ci infiliamo nella porta sul retro, che siamo praticamente gli ultimi e fuori la città è piena di pioggia che deve arrivare.

Scendiamo verso sinistra, verso il mare, per andare da Lewis a prendere un caffè, che costa quanto tutto il pranzo del *Behave*, un caffè all'ultimo piano di Lewis, ma a me e Brandon piace molto stare buttati nei divanetti caldi davanti alla vetrata e aspettare di vedere che fa il sole.

Oggi il sole fa un arco viola dietro il Liverpool One, e

da quelle pozze di mare che ancora si vedono comincia a salire la notte.

– Quanto mi dà fastidio il Liverpool One, non hai idea.

– Non dire cazzate, papà, è bellissimo.

– Non dire cazzo, Brandon. Non è bellissimo e non serve a niente.

– Serve perché è moderno, papà, è nuovo.

– A me primo mi sembra che si lascia fare troppo alla gente di terra, e gli architetti stanno a terra, e non l'hanno saputo fare. Poi, mi sembra che si lascia fare troppo ai re o ai ministri, che loro che cazzo ne sanno a Liverpool che cosa serve, e terzo...

– Hai detto cazzo.

– Perché lo dici tu, e non ti distrarre.

– E terzo?

– E terzo, boh. Ma dimmi a che cosa serve.

– Da lí sopra si vede bene il porto.

– Si vedeva bene anche prima il porto, Brandon: c'era una collina prima, solo che era una collina fatta da Dio e nessuna regina aveva pensato di attaccarci una targa di ottone sopra.

– Non era cosí alta.

– Sí, ti dico: io e Bill salivamo lí il giorno prima di imbarcarci e vedevamo questa nave che entrava da lontano e da allora cominciavamo a contare le ore che ci separavano dal viaggio.

– E allora perché è bello...

– Perché è bello?

– Perché è moderno.

– Mi fa schifo.

– Ma cosa ti piace a te, papà, da quando è morta la mamma? Dimmi una cosa che ti piace.

Oh Signore, ci penso veramente.

«Pensaci veramente quando rispondi a Brandon, – mi diceva Jude, – è l'unica speranza che hai di amarlo quanto serve». E io non avevo manco ben chiaro cosa significava «pensaci veramente», perché io prima di stare con Jude pensavo già di pensare veramente. Invece anche quello è un allenamento.

Pensaci veramente significa come quando a un marinaio gli togli tutti gli strumenti, pure la bussola, e gli dici di portare la nave seguendo quella stella là, ma veramente.

E a quest'ora è un gioco, perché il verde del cielo se ne è andato sotto i docks e in cambio è salita Venere. Che è facilissima da seguire, la guardo e gli rispondo: – Mi piace quella barista là, quella del *Behave* con le tette grandi.

– Ma Sandra, dici?

– Eh, Sandra.

– Sei fuori: torniamo a casa, vecchio.

– Che c'hai da dirti con le femmine tu, io mica l'ho capito…

– No: che schifezza, veramente... non ce la faccio.
Non sono una donna difficile, non urlo se trovo un pipistrello in casa, e uccido le zanzare a colpo sicuro battendo le mani come in un applauso. Solo che eravamo stati cosí bene in barca, senza sentire freddo, appena un poco sulle braccia, nel tempo che serviva al sole per sorgere dietro al Monte Somma. E nemmeno ci eravamo abbrustoliti, piú tardi, mentre Gianni tirava la rete e Ciro liberava i pesci dal groviglio di maglie senza ferirli, sfilandoli come un uncinetto dal disegno della coperta.

Eravamo stati cosí bene che mi ero rilassata, e neppure mi era venuto in mente di buttarmi a mare. Avevo dovuto reggere il timone seguendo una legge invisibile: quando la prua disegnava il vertice di un triangolo con la punta del molo e il campanile del Carmine, lí c'erano le reti.

I pesci avevano guizzato nel purgatorio del secchio a fondo barca, una seppia si era difesa con tutto l'inchiostro a disposizione, un guarracino si era salvato. Per buon augurio, rispedito al mittente. Poi nel ritorno ero stata destinata agli sconcigli: staccarli dalla rete salvando la rete.

Era stato solo all'attracco, tra i motoscafi tirati in secco, i pini, le giostrine ferme di molo Siglio, un custode del circolo canottieri che giocava a fare il padrone, solo là Ciro aveva preso dal secchio una triglia, le aveva staccato la testa morbida mentre ancora si dibatteva, e con la mano macchiata di sangue me l'aveva offerta da mangiare.

– No: che schifezza, veramente... non ce la faccio.

Intanto da mare cominciavano a rientrare altri operai, e ferrovieri, e qualche impiegato delle poste: tutti quelli che calavano la barca in acqua, da aprile a settembre, per arrotondare lo stipendio. Ma anche per nostalgia. E da terra cominciavano ad arrivare i cuochi dei ristoranti, quelli che non aspettano l'apertura del mercato di Porta Nolana, perché sanno. E comprano una cosa da qua e una cosa da là.

Insomma adesso c'era da vendere. A me toccava una seppia che avrei tenuto a bada nel vaso dei fiori sulla scrivania, mentre combattevo contro una contabilità irritante, arrovellata. Quattro ore la mattina, quattro il pomeriggio.

– Ciro, madonna mia e finitela: vi ho detto che non ce la faccio.

– E voi cosí vi volete imparare a mangiare il pesce?

– Ma che significa? Perché non me lo mangio il pesce, io?

– Sí, ma *che* pesce vi mangiate, voi lo sapete?

Non era una domanda qualunque, che mi faceva: da tre settimane Lello, il magazziniere, mi portava a cena fuori il venerdí sera. Qualche volta la domenica. Si sapeva che stavamo bene insieme, lo sapevamo perfino noi, ce ne accorgevamo alzandoci da tavola un poco barcollando, io che mi dovevo aggrappare al suo braccio fino a che l'aria fresca mi riprendeva un po'.

Avevamo girato tutte le trattorie: partendo dalle scale dell'Orto Botanico eravamo arrivati a Pozzuoli, e davanti c'erano passati baccalà con le patate, e alici in tortiera, e fragaglie. Era questo, il pesce che mangiavamo.

Non mi industriai neppure in una risposta. Capii che era meglio farlo e farlo subito. In fondo, se mi tolleravano con loro in barca, dovevo accettare le loro leggi.

Staccai un pezzo piccolissimo di triglia. La pelle rosa restava incollata alla carne, misi tutto in bocca, senza pensare. Buttai giú.

Mi rimase sulla lingua un sapore di frutta. Da sola, senza incoraggiamenti, mi convinsi che il passaggio era stato troppo rapido, il disgusto troppo fuorviante. Staccai ancora un pezzo, lo masticai piano, per riscaldarlo dalla temperatura del mare. Ancora sentii solo un sapore dolce di frutta. Guardai Ciro: – È delicato... e mo?

Le incursioni domenicali nelle trattorie cominciavano a sentirsi in tasca. Era una buona scusa, d'accordo, sedersi a tavola: il piatto portava con sé l'argomento della conversazione, lo imponeva. Ma alla lunga si imponeva anche il conto. Io supplicavo: – Facciamo alla romana, – ma non la spuntavo mai.

Lello sapeva che avevo ragione, e anche che guadagnavo piú di lui, però si limitava a mortificarsi un poco e a darmi un contentino: – Tu mi offri il caffè...

I nomi dei locali li recuperavamo nella memoria comune: quella nostra, di noi due, e quella della fabbrica. Ciro e Gianni incalzavano con l'entroterra: – Se no vi fanno scemi... voi il pesce non sapete nemmeno dove sta di casa.

A casa mi misi d'impegno. Sacrificai subito la seppia. Ne tagliai una lamella sottile, la passai sotto l'acqua, l'assaggiai.

«Quello che vi resta in fondo alla bocca dopo che avete ingoiato. Quello è il sapore del pesce».

Masticai la carne compatta, quasi elastica.

Quello che rimase dopo, fu per me l'essenza della seppia. Quel sapore se c'era, c'era sempre. Alla fine di una frittura, dopo una terrina in umido con i piselli, se la seppia era stata fresca in bocca mi tornava sempre quel sapore, quell'unico semplicissimo principio che ciascuna seppia portava in sé per essere seppia.

Già quella domenica, al Granatello, quando Lello raccolse il fondo della zuppa con il pane, io scossi la testa. Avevo cominciato a riconoscere il pesce, ma affogato nel sugo denso non me la sentivo di giudicare con sicurezza. A casa ricominciai le prove con uno scorfano.

Da allora al mercato non mi accontento piú di andare a toccare le pance dei cefali per vedere che resistenza oppongono alla pressione. Non mi basta che l'occhio sia trasparente, la spina dorsale incurvata. Entro come una furia nel retrobottega e pretendo di scavare nelle cassette, gratto le squame con l'unghia. Dei pesci al taglio chiedo la prova, come fossero meloni.

E nelle trattorie rispedisco le pepate nelle cucine, i moscardini ai cuochi. Non c'è compenso di seconde porzioni per il mio disappunto. Mi faccio chiamare i gestori minacciando di alzare la voce, poi inevitabilmente la alzo. I commensali dei tavoli accanto cominciano a guardare nei piatti con sospetto.

Allora Lello arrossisce fino alla radice dei capelli: – Che ci tieni, – dice trascinandomi fuori.

Mentre il cuoco dalla soglia della cucina mi guarda, con il rispetto che si concede a chi sa.

99/99/9999

> Ognuno, ma proprio ognuno, è il centro del mon-
> do, e il mondo è prezioso poiché è pieno di tali centri.
>
> ELIAS CANETTI, *La provincia dell'uomo*

Come ogni prigioniero degno di questo nome, sarebbe morto in cella.

Gli altri nomi sono detenuto, come si dice di me, o carcerato, come avrebbe detto mio nonno, o galeotto, come sta scritto nei libri: siamo persone che usciamo, prima o poi, da qui.

Lui no.

La prima volta che sono riuscito a parlargli, cioè la prima volta in cui ho capito davvero cosa mi stava succedendo, dopo cinque giorni e cinque notti chiuso qui dentro, tra la cella e la latrina, la latrina e la cella, lui mi ha fatto fare questo esperimento.

Mi ha detto: – Conta dentro di te sessanta secondi. Sai come si fa? – Io lo sapevo, certo, sono un uomo di buone letture. Lui, piuttosto, mi sembrava rozzo, eppure mi proponeva un esperimento, non del tabacco.

– D'accordo, – ho detto. E siamo rimasti cosí, mentre io contavo.

Sessanta secondi sono piú o meno:

Mississippi uno Mississippi due Mississippi tre Mississippi quattro Mississippi cinque Mississippi sei Mississippi sette Mississippi otto Mississippi nove Mississippi dieci Mississippi undici Mississippi dodici Mississippi tredici Mississippi quattordici Mississippi quindici Mississippi se-

73

dici Mississippi diciassette Mississippi diciotto Mississippi diciannove Mississippi venti Mississippi ventuno Mississippi ventidue Mississippi ventitre Mississippi ventiquattro Mississippi venticinque Mississippi ventisei Mississippi ventisette Mississippi ventotto Mississippi ventinove Mississippi trenta Mississippi trentuno Mississippi trentadue Mississippi trentatre Mississippi trentaquattro Mississippi trentacinque Mississippi trentasei Mississippi trentasette Mississippi trentotto Mississippi trentanove Mississippi quaranta Mississippi quarantuno Mississippi quarantadue Mississippi quarantatre Mississippi quarantaquattro Mississippi quarantacinque Mississippi quarantasei Mississippi quarantasette Mississippi quarantotto Mississippi quarantanove Mississippi cinquanta Mississippi cinquantuno Mississippi cinquantadue Mississippi cinquantatre Mississippi cinquantaquattro Mississippi cinquantacinque Mississippi cinquantasei Mississippi cinquantasette Mississippi cinquantotto Mississippi cinquantanove Mississippi sessanta.

– Ecco, – mi ha detto, – sai quanti ce ne sono in un'ora? E in un giorno? E quanti giorni ci sono in un anno? Ogni porzione di questo tempo della mia vita io lo passerò qui dentro. Poi morirò, e solo dopo uscirò da qui. A volte penso a come dev'essere bella la mia bara, circondata dall'aria, dal sole, magari la porteranno a braccia fino a un carro e poi quel carro partirà e vedrà le nuvole, passerà con le ruote su una pozzanghera e schizzerà la veste di una donna, attraverserà strade con palazzi alti che ne limitano la vista, oppure strade larghe, senza confini attorno, solo un fiume, l'argine di un fiume, magari... forse... No: il mare non credo, no, non lo vedrò manco da morto.

Appena ha detto *mare* ho avuto voglia di vederlo, appena lo ha detto ho provato un'immensa pietà per la prigionia e per me stesso in vincoli e ho pianto assai. Forse ha creduto che piangessi per lui, invece piangevo per me. Solo qualche tempo dopo ho capito che lui era un me moltiplicato. Che lui era la sottrazione di tutto ciò che un uomo conosce: era solo e tutto ciò che può venire negato. In quel momento ho saputo che sarebbe stato la mia consolazione, anzi: avevo voglia di sentirlo parlare per dirmi in me, tutto contento: «Un poco, sí, di questa sofferenza che dici io la provo. Ah, ma la mia finirà mentre la tua no».

Allora se avevo nostalgia della libertà, della strada, del tempo, del mercato, degli affetti, del movimento alternato delle gambe, allora glieli facevo ricordare: e tutte queste cose sorgevano in lui cosí lontane e sfocate che soddisfatto me ne tornavo alla speranza di rivederle presto. O meglio, lui aveva, sí, un'idea di queste cose, ma era un'idea oramai mutata da immagini di altri, descrizioni di libri e di giornali: quello che gli aveva sostituito il mondo.

Quando ebbi nostalgia di mia madre, gli chiesi di suo figlio.

Mi raccontò cosí che lo aveva visto molto poco quando era un bambino, e che il suo nome e la sua faccia andavano mutando nella testa del figlio al ritmo delle parole della madre. Egli cresceva, mi disse, dentro il bambino, nell'immagine e nella considerazione che il figlio aveva di un padre remoto, che l'aveva messo al mondo un giorno e poi dal mondo era stato segregato: il prigioniero sentiva propaggini della propria vita nei passi del bambino, nei suoi sguardi che non vedeva, ma poteva immaginare. Sentiva di crescere in quel corpo come crescono le idee quando non si abbandonano.

Gli aveva parlato chiaro quando ebbe compiuto dodici anni, da solo, in un incontro frettoloso, piantonato dalle guardie. Gli aveva parlato sapendo di perderlo, gli aveva detto: – Ascolta: io da qui non uscirò mai.

– Che significa mai? Mamma dice che un giorno uscirai.

– E ti sei chiesto quando è quel giorno?

– Mamma dice che verrà un giudice nuovo, un giorno, e ti porterà fuori.

– Non è cosí, io non uscirò mai.

– Che significa mai? Cosa c'è scritto sulla condanna?

– C'è scritto: fine della pena: 99/99/9999. Morirò qua dentro, posso sperare di uscire solo se faccio il nome di qualcun altro.

La sua infatti non era una pena che si scontava: si subiva e basta, come la pena di morte. Ma i condannati a morte si salutano e poi non sanno piú. Qui invece la tortura era sapere, e contare fino a sessanta, e sapere che il tempo era costretto a scorrere e il prigioniero a restare. Chi vi era condannato, come lui, si trovava nella condizione di non avere alcuna speranza di uscire di prigione mai, se non mandando in prigione qualcun altro al posto suo.

– Papà, – aveva detto il ragazzo andandosene, cresciuto tutto d'improvviso e incalzato dalle guardie a uscire, – non esiste il giorno 99: i giorni finiscono al 30, massimo al 31. E non esiste il mese 99: i mesi sono 12.

– Lo so.

– Ma allora, papà, che significa? Ti stanno prendendo in giro?

Come ogni prigioniero degno di questo nome, nessuno ricordava piú perché fosse dentro.

Del resto: chi avrebbe potuto ricordare, e come se ne sarebbe potuta recare memoria? Erano già ventitre anni che gli unici spostamenti concessi al suo corpo erano stati quelli da una cella all'altra. Per un anno e mezzo gli avevano inflitto l'isolamento diurno, e aveva parlato con le formiche, per non uscire pazzo, perché l'uomo ha bisogno di parlare con qualcosa che si muove, qualcosa di piú simile a se stesso della pietra che lo chiude. Aveva avuto un dio, un giorno, lasciato affacciare da una madre pietosa in una casa in cui esistevano solo la povertà e la rapina. Poi dio se n'era andato assieme all'adolescenza, lasciandogli per compagni gli insetti. Le invidiava, le formiche: e non tanto per il loro essere senza pensieri, ma perché erano tante, simili, e organizzate al bene.

Quando era entrato in cella credeva di essere un delinquente, ma quel regime cosí duro gli aveva presto rivelato che le autorità erano peggiori di lui.

E questo non era un pensiero confortante: perché si accetta la punizione solo da chi si ritiene sia nel giusto, perché solo il perdono può farci sentire colpevoli. Ma lui, che sarebbe restato qui dentro per sempre: quel *per sempre* era cosí immenso che all'istante lo rendeva innocente.

Quando io l'ho incontrato, in quei due mesi in cui abbiamo diviso la cella, lui queste cose le sapeva già con certezza: me le spiegava, in maniera piana, come se le avesse lucidate a lungo, le sue idee. E io lo ammiravo, perché quello che credevo fosse un percorso di vita destinato alla pazzia – il carcere per sempre, la morte in vita, l'esistenza senza domani eppure con il domani – e per merito della sua sola volontà, e anzi contro il desiderio dell'autorità che l'avrebbe preferito senz'altro pazzo, si era mutato in un percorso di consapevolezza, e virtú. Entrato che appena sapeva leggere e scrivere, aveva dedicato gli ultimi vent'anni della sua vita allo studio. Mi ripeteva sempre che ai libri, non al regime carcerario, doveva la sua determinazione nel prendere la laurea. Aveva scelto gli studi di legge, per incarnare al meglio la sua vita e la menzogna che essa promette, e ora stava iniziando a studiare filosofia.

Cosí, se pure ci fosse stato qualcuno a ricordare perché era finito là dentro, bene: ora quell'uomo che avevo davanti era troppo dissimile dal ragazzo che vi era entrato, per poter attribuire la stessa pena alla stessa persona.

Ma tanto al mondo non interessava piú conoscerlo: solo a lui interessava davvero e profondamente sapere chi era se stesso, e si cercava, uomo nuovo, senza sosta, perché lui era il centro del mondo. Io in ventitre anni ho fatto le elementari, le medie e il liceo, e quando ero a un passo dalla laurea ho fatto una sciocchezza, e mo devo stare un po' di tempo qui dentro. Ma ventitre anni non sono solo il tempo in cui ci si dedica agli studi: accadono cose, in ventitre anni.

È morto colui che fece il suo nome, il giudice che lo condannò è molto vecchio e vive in campagna, il capo del governo è cambiato quindici volte, sono morti tre papi e 1 233 057 600 esseri umani. Ne sono nati 3 046 377 600. Sono crollati regimi e ne sono sorti di nuovi; si batte nuova moneta e alcuni Stati non esistono piú. Altri hanno iniziato a esistere. Sua figlia si è sposata e ha avuto due gemelli, uno si chiama come lui; i gemelli domani fanno una festa per i loro quindici anni. I due labbri della faglia di Sant'Andrea si sono allontanati di 23 centimetri e si è scoperta una particella che è anche la sua stessa antiparticella.

Il prigioniero stava qui dentro.

Fermo.

Ma la sua mente no, seguiva il ritmo del mondo senza potergli correre dietro, aveva scavato nell'unica direzione concessa, la galleria della fuga: dentro di sé. E aveva raggiunto e superato in profondità le scosse tettoniche, e poi si era frammentato, rimpicciolito, dilatato fino a muoversi alla velocità della particella di dio. Senza dover correre dietro alla vita il prigioniero era il piú libero degli uomini, e soffriva come tutti gli uomini messi assieme.

Oggi fa un anno che sono uscito, che è cominciata la mia nuova vita, la redenta condizione. E ogni giorno penso a lui. Quando penso a lui faccio l'esperimento. Conto. Sessanta secondi sono piú o meno cosí.

Mississippi uno Mississippi due Mississippi tre Mississippi quattro Mississippi cinque Mississippi sei Mississippi sette Mississippi otto Mississippi nove Mississippi dieci Mississippi undici Mississippi dodici Mississippi tredici Mississippi quattordici Mississippi quindici Mississippi sedici Mississippi diciassette Mississippi diciotto Mississippi diciannove Mississippi venti Mississippi ventuno Mississippi ventidue Mississippi ventitre Mississippi ventiquattro Mississippi venticinque Mississippi ventisei Mississippi ventisette Mississippi ventotto Mississippi ventinove Mississippi trenta Mississippi trentuno Mississippi trentadue Mississippi trentatre Mississippi trentaquattro Mississippi trentacinque Mississippi trentasei Mississippi trentasette Mississippi trentotto Mississippi trentanove Mississippi quaranta Mississippi quarantuno Mississippi quarantadue Mississippi quarantatre Mississippi quarantaquattro Mississippi quarantacinque Mississippi quarantasei Mississippi quarantasette Mississippi quarantotto Mississippi quarantanove Mississippi cinquanta Mississippi cinquantuno Mississippi cinquantadue Mississippi cinquantatre Mississippi cinquantaquattro Mississippi cinquantacinque Mississippi cinquantasei Mississippi cinquantasette Mississippi cinquantotto Mississippi cinquantanove Mississippi sessanta.

Chi di noi vedrà l'anno 9999?

Sono stato un uomo fortunato. Quasi nessuno piú riesce a conoscere gli immortali: in carne, intendo. Perché il significato che si dà a questa parola riguarda le opere che gli uomini compiono in vita, i loro atti politici, o le gesta eroiche. E va bene, quelli sono immortali in morte. Il prigioniero invece è immortale in vita, in carne, la sua condizione è estesa fuori dalla vita, quindi, a quello che ho conosciuto io, anche fuori dalla morte. Ma è il tempo che fa la differenza: perfino il limbo che ha immaginato il poeta si scioglierà nel giorno del giudizio universale. Solo il prigioniero resterà prigioniero, dunque solo lui resterà.

Il castello

– L'arredamento mi ricorda quello di un albergo greco. Aveva ragione, e a me anche la vista: il castello aragonese mi ricorda le Meteore. È per il colore della pietra.

– Come si sta bene, – ha detto poi, stendendo il telo sul terrazzino.

Era cosí felice che ha spento la sigaretta per sentire l'odore dei gelsomini. Aveva di nuovo ragione. Solo ragione. Anch'io stavo bene. Aspettavo la cena, l'ora in cui avrei scelto un vestito leggero dall'armadio, mi sarei alzata i capelli; aspettavo la cena e mi spalmavo l'idratante sulle gambe.

– Hai preso colore, – mi ha detto.

Era vero: avrei messo il vestito bianco, per farlo sapere a tutti del colore che avevo preso. Avevo quella fame che si ha solo in vacanza dopo il mare, sapevo già di cosa: frittura di paranza. Guardavo le barchette infilarsi sotto il ponte che collega Ischia porto alla cittadella fortificata. Precise, sicure, nell'unico archetto vuoto di pietra, lo passavano come il filo passa l'ago.

– Sento odore di calamari fritti, – mi ha detto, e questo piú o meno significava che si sarebbe vestito per scendere a cena.

C'era, l'odore dei calamari fritti, io non me n'ero accorta, ma lui sí: era quello, che aveva guidato la mia voglia. Lo sentivo fischiare sotto la doccia: fischiava bene. E quello era il motivo adatto.

Ma allora perché io ho pensato che tu eri stata qui, solo una settimana fa, con tuo marito, e avevi visto le stesse forme di pietra, a questa stessa ora, da questo stesso albergo? Perché ti ho immaginata mentre seguivi quel motoscafo infilarsi sotto il ponte, preciso, come in una cruna? Che ci facevi nel cassetto da cui prendevo il mio vestito bianco? Perché ridevi di me allo specchio mentre i capelli sfuggivano alle pinzette?

– Ha telefonato Lucia, – mi ha urlato oltre la porta del bagno, – voleva sapere se ci ha consigliato bene, se avevamo avuto la stanza con vista sul castello, se eri contenta... Ho detto sí.

Aveva ragione.

Troppa importanza all'amore

Il treno partí puntualissimo dalla stazione, era ancora uno di quei treni che facevano rumore: si sentivano portelloni sbattere, e risate, bussare sui vetri, lo sbuffo dei freni, e il fischio del capotreno. Un treno vero, con i finestrini che si abbassano per stringersi le mani, o per poggiarci su il mento e vedere la città allontanarsi. La ragazza stava proprio cosí: sua madre pensò che, accelerando il treno, avrebbe preso troppo vento, ma si trattenne dal dirglielo, per due motivi: uno era che a Susanna mancava solo un anno per la maturità classica, e forse quello era l'ultimo viaggio che avrebbero fatto tutti e tre assieme, e tante volte suo marito le aveva detto di non opprimerla, e di lasciarla crescere. Suo marito era medico, e come tutti i medici non temeva mai per la salute delle persone che amava. Ma soprattutto Federica non disse nulla perché quella era una vacanza, anche la sua vacanza, anzi proprio la sua, che al ritorno avrebbe dovuto riprendere subito il lavoro al giornale. E si disse che la vacanza doveva iniziare immediatamente, con lei a rilassarsi sulla spalla di suo marito. Ci avrebbe pensato il treno, ad andare. Lei aveva fatto: il treno si muoveva da solo, lei non doveva far piú niente. Susanna distratta ma presente, Giorgio con le lunghissime gambe stese il piú possibile nello scompartimento e la mano sulla sua coscia, la collina di Poggioreale che scompariva piano nella notte, e tutti i treni che, anche se devono andare in direzioni opposte, partono tutti nello stesso senso...

Si risvegliò mentre il convoglio rallentava su Latina: in lontananza il golfo di Formia faceva una mezza luna che finiva sulla rocca, nel mare: lí dove lampeggiava il faro.

– Il capotreno è già venuto ad assegnare le cuccette.

– Susanna?

– Al bar.

– Ha ancora fame? Ingrasserà.

– Vuole il caffè: ha deciso che non dorme: sta romantica assai. È innamorata di nuovo?

– Boh? – disse lei che già da quattro anni aveva deciso di non confidare piú nulla al marito, di quello che sapeva della ragazza: lui le metteva ansia.

La ascoltava, cominciava a camminare senza sosta per la cucina, e alla fine le consegnava qualcosa da dirle. Qualcosa che lei non pensava, o che non avrebbe mai potuto riferire a sua figlia. Né lui stesso poteva dirle quelle cose di persona, perché Susanna si confidava solo con la madre. Tuttavia Giorgio coglieva sempre una parte: non tutto, non molto, ma una sfumatura di senso sí, cosí disse:

– Basta che non si attacca, è cosí giovane, e deve studiare.

Ma Federica stava in vacanza, e non parlò. Sorrise.

Superata Roma, il treno non faceva piú fermate fino a Vienna, il capotreno aveva già ritirato anche le carte d'identità, per consentire ai viaggiatori di dormire in pace al passaggio della frontiera.

Susanna aveva deciso davvero di restare sveglia, si era infilata le cuffie nelle orecchie e si era seduta su di un predellino giusto fuori la porta della cuccetta. Giorgio aveva dato un Tavor a Federica, assieme all'acqua, e poi aveva preso il suo: lo facevano sempre all'inizio di un viaggio; non solo all'inizio di un viaggio. Ma all'inizio di un viaggio lo facevano assieme, potevano dirselo, non significava nulla, solo: *Come si fa a dormire qualche ora con questo sferragliare? O rattrappiti in seconda classe su un volo intercontinentale? O in sacco a pelo con un passaggio ponte?* In viaggio la scomodità era fuori, e ce la si poteva spartire con complicità.

Federica appoggiò il cuscino alla parete, e la schiena al cuscino, e un poco curva e molto leggera, come qualcuno che aspetta con gioia un momento bello, iniziò ad accendere il suo portatile; e mentre sentiva il respiro di Giorgio farsi pesante e cadenzato, con il Tavor che già le si diffondeva nelle vene, le salutava il cervello, la rendeva ben disposta al mondo e alla sua stessa vita: come un premio, finalmente guardò la fotografia del piccolo Simone, in braccio a suo nonno. Pesava tre chili e mezzo alla nascita, e adesso negli ospedali li tenevano cosí: direttamente in camera con la madre, per questo il nonno aveva potuto abbracciare subito tutti: figlio, nuora e il primo nipote, che portava il suo nome. *Simone, Simone, Simone.*

«Che sdoppiamento, amore, che felicità assoluta, che idea perversa: tornare me, dopo piú di cinquant'anni dalla mia stessa nascita, attraverso mio figlio», cosí le aveva scritto, mandandole la lettera con il suo trofeo in braccio.

Federica aveva ingrandito l'immagine finché non si era sgranata sull'orecchio del bambino, poi era scesa giú fino al pollice del nonno che ne reggeva il capo. L'aveva accarezzato lungamente. Nonno. Un nonno bellissimo, giovanissimo, il suo uomo, però già un nonno. Quanta tenerezza le faceva quella mano conosciuta, che la stringeva, le abbassava gli slip, la chiamava al telefono; di nuovo, dopo tanti anni, a reggere la testa di un neonato. Si erano sem-

pre detti che sarebbe diventata nonna prima lei, perché
era madre di una femmina.

– Sei scemo.

– Sarai una nonna sexissima.

– *Nonna* glielo dici a tua sorella.

Tanto lui non aveva sorelle, e litigare era una delle cose che facevano meglio. Litigavano per forza: a volte non
riuscivano a vedersi anche per un mese, era accaduto spesso quando lui allenava ancora la squadra. E lui magari tornava in albergo proprio nell'ora in cui lei non poteva piú
rispondere al telefono. Allora finché non si vedevano litigavano furiosamente. Si dicevano cose terribili, criticava-
no l'un l'altra gli stili di vita, e la vigliaccheria reciproca
a continuare cosí.

Cosí che l'amore era disperato. Anzi, lui, che aveva
un rapporto diverso con il corpo: sempre allenato, sempre
abbronzato, sempre carico e scarico dietro gli ordini della
volontà, lui soffriva di piú. Mentre faceva l'amore con sua
moglie piú di una volta si era chiesto «perché». Lei no, lei
riusciva a farlo con Giorgio desiderando Giorgio, o con
Giorgio desiderando Simone. E con Simone desiderando
nulla: ché lí coincideva il desiderio con l'essere. E chi è e
sta, non pensa a nulla.

Si erano ammalati poco dopo essersi conosciuti, alle
olimpiadi di Sydney. Perché di quello si trattava, di una
lieve malattia dell'anima, che viveva in loro a tratti manifesta nel corpo e a tratti latendo: se lo erano detti tante
volte, sperando di morirne o di guarirne, intanto soffrendo.

Federica, che faceva la giornalista sportiva, si era in-
vaghita di Simone quando lui ancora non sapeva neppure
che forma lei avesse. Lei invece la sua forma la conosceva
bene: lo aveva amato perché era mancino; era convinta che
i mancini, tra di loro, si riconoscessero subito.

– Io però scrivo con la destra.

– Ti stai chiamando fuori?

– No, magari. La maestra della primina ci legava la mano dietro la schiena.

– Ma dài, sembra una storia dell'Ottocento: abbiamo la stessa età.

– Davvero. Mano dietro la schiena. Scrivo con la destra. E poi non abbiamo la stessa età: tu sei una ragazzina, – le aveva detto, e lei invece era sua coetanea, ma sí: si era subito ammantata di una bellezza che non ricordava piú.

Scriveva con la destra, Simone, glielo fece vedere annotandole il suo numero di telefono sul bloc-notes. Quando dava di sciabola però spiazzava tutti, costringeva l'avversario a prendere un diverso assetto: e cosí quelli mancavano di equilibrio.

Era con il braccio sinistro che lei immaginò, dopo averlo intervistato, di essere stretta nell'ascensore dell'hotel. Con quel braccio lui lo fece, in un altro giorno, un altro continente, un altro hotel.

Federica anche era mancina e avvertiva quegli stessi spiazzamenti, quella realtà leggermente distorta che scivolava silenziosa sotto la norma: lo sapevano le asole delle sue camicette, i fori della sua cintura.

– Io devo sbottonare te e tu me, cosí funziona, vuoi provare?

Federica si convinse che il suo pensiero governava la realtà, che perfezionare il primo sarebbe valso come risultato sulla seconda. Però non era cosí: la relazione fu faticosa: vivevano in città diverse, in vite diverse. Facevano l'amore; e solo con il tempo fare l'amore significò amarsi, cosí che il sentimento potesse smorzare la distanza, anche oltre la consuetudine delle ore.

In quei primi anni, quando pensava ogni giorno che non

sarebbe durata un solo altro giorno, le sembrava anche che tutti gli accadimenti della vita riguardassero lei e Simone. Leggeva alla piccola Susanna che cresceva (ma quando e come si era fatta cosí alta e cosí indipendente?) favole su favole: ognuna in qualche modo parlava del partire o del restare, del cedere alla tentazione o resistervi. Leggeva a Susanna della formica che si era innamorata dello scoiattolo e la bambina si addormentava, mentre lei non riusciva a dormire piú. Fuori il mondo proseguiva senza darsi alcun pensiero di lei, di loro. Ma dentro c'era l'altra pelle. Quella dei quattordici anni, che non cambiava, non mutava, non cresceva. Niente, stava là: quando Federica viveva in quella pelle non aveva sensi di colpa né vergogna di nulla, tutte le responsabilità che implacabili le gravavano sulle spalle diventavano ali. Questo era, niente altro. Poteva stare in una stanza di sabato pomeriggio, mentre Giorgio era di turno in ospedale, e Simone la chiamava all'improvviso, senza che lei se lo aspettasse. E stavano mezz'ora al telefono: la bambina nell'altra stanza a guardare la tv, e lei che gli diceva di sesso, e poi di libri, e lui che le diceva di sesso, e poi di allenamenti. E poi, come una premonizione, quando le diceva «Mi manchi» lei capiva che la telefonata si stava esaurendo.

Dopo, era come una riserva di energia che andava consumandosi. Le prime ore erano illuminate dalla sensazione di appagamento della telefonata. Poi proprio quella telefonata apriva un varco nuovo: la possibilità di viversi ancora. E diventando sera, apparecchiando per cena, mandando i bambini a dormire, accendendo la tv o l'abat-jour, quella possibilità si rivelava impossibile, e senza senso. E allora la vita diventava un poco piú triste. Non drammatica, non tragica. Solo un poco piú triste. Avevano vissuto altri momenti tragici: ma ciascuno per suo conto. Un giorno lui la chiamò in lacrime dal paesino del Piemonte da cui a fatica si era emancipato, una comunicazione brevissima, ché era morta sua madre. Federica inventò una scusa che sapeva di scusa, prese un aereo e una macchina a noleggio, e arrivò nella chiesa del paesino mentre finivano le esequie. Quando lui con accanto i fratelli e la moglie si voltò nella navata, la bara in mezzo a loro, la vide e le sorrise, e poi l'andò a salutare, come con chiunque altro, l'abbracciò, lei gli disse «Condoglianze», poi lui sollevò la bara con i suoi fratelli e si incamminò. Federica sentí che doveva esserci, e infatti c'era stata, e sentí anche che suo marito avrebbe sospettato, se non capito, e non gliel'avrebbe perdonata mai. E che forse aveva messo a rischio lui, ché era l'unica donna di città in quel paese a quell'ora. E mentre guidava verso il paese vicino, dove c'era la sola pensione segnalata dalle guide, seppe anche che conosceva meglio la madre di Simone che Simone stesso: perché sua madre era vissuta nelle immagini che le aveva donato il figlio. E con quella stessa materia lei aveva potuto crearsi i ricordi. Invece di Simone sapeva l'uomo che era a bordo pista, con la tuta ad allenare la squadra, in conferenza stampa, o con il badge appeso al collo. E poi a letto, a cena, in quei risvegli. Ma la realtà era un'altra, lui era un altro: era un uomo grigio, divenuto orfano da qualche ora, era un marito, un fratello, l'abitante di un paese lontano in cui tutti si voltavano a guardare la donna venuta dalla città. Eppure lei doveva esserci e ci era stata e cosí, per la sua tracotanza, si erano incontrati due universi creati per non incontrarsi.

Forse non era amore. Bisognava dirsi questo. Che era sesso, perché avevano entrambi bisogno di un corpo nuovo di cui fosse possibile anche fidarsi. E allora avevano condito quel sesso con tutto il romanticismo di cui erano capaci, ma no: non era amore perché non era disposto a sacrificare nulla sul suo altare, piuttosto a riempire un vuoto. Ma l'amore apre gli spazi, mica li riempie. Il cerchio non si sarebbe mai chiuso, non poteva perché era una relazione che non si costruiva e niente costruiva: procedeva solo, andava avanti. Lui diceva: – Ci prendiamo il meglio, – lei diceva: – Ci perdiamo il meglio.

– Le lettere piú o meno sono le stesse.

Ci vollero anni perché capissero che sarebbe continuata senza togliere nulla alle famiglie, anzi: con un senso di rotondità nuovo, di completezza dell'esistenza che adesso non doveva piú mutare di un millimetro: solo aggiungere nuovi record, come quel piccolo trofeo di tre chili e mezzo in braccio a suo nonno, che Federica riusciva a sentire suo come se fosse suo. E per Simone era lo stesso. Era andato a incontrare per la prima volta suo nipote concentrato sulla sua emozione, tenendo per mano la moglie, e rispondendo ai messaggi di congratulazioni di chi aveva saputo. Ma lí dentro, lí in mezzo, impastata con quella gioia senza filtri che gli dava l'idea che suo figlio avesse fatto un figlio, quell'idea cosí naturale che accompagna limpida solo le cose semplici: come la vita che si ripete; sí, ma impastato con quella gioia vera non c'era anche il pensiero di Federica? Non era con lei che divideva la gioia, in cuor suo, salendo le scale dell'ospedale? Stringendo sempre piú forte la mano di sua moglie, Simone stringeva una mano, e di chi fosse quella mano, e a quale seno portasse, a quale sorriso, Simone non avrebbe potuto dire.

«Scattaci una foto anche con il mio telefono», aveva chiesto al figlio: e l'abbraccio e la gioia erano manifesti; mentre la richiesta di avere quella foto celava, come dietro una cortina tirata su un luminoso pomeriggio, il desiderio sfrenato di poterla subito inviare a lei, a lei. A Federica. Era cosí per la gioia e per il dolore: quando si trovò una pallina nel collo, a sinistra, radendosi, e il suo tatto esperto di linfonodi e gangli, uso ai massaggi e alle infiammazioni, sentí che era qualcosa da tenere sotto controllo, lui non pensò a sé, né a suo figlio: lui pensò a Federica, pensò che non voleva ammalarsi per non dover morire e smettere di amarla, per non dover combattere la malattia e distrarsi da tanta felicità. O meglio, pensò a sé attraverso il pensiero di sé con Federica, che oramai era il suo vero affaccio sulla vita. Ma poi quella era una sciocchezza che passò subito. Solo sempre piú vera restava Federica.

E Giorgio, che si tappava le orecchie con la cera lí sotto nella cuccetta? Giorgio aveva altre donne? Le aveva avute? Era suo marito, e da quando Federica amava anche Simone, questa prospettiva le sembrava tollerabile. In realtà Giorgio aveva avuto altre donne, ma erano state inutili. Né si era mai piú innamorato di qualcuna, né quelle gentilezze ricevute lo ripagavano delle sbandate di sua moglie, perché sua moglie era gentile pure con lui, riusciva a tenere tutto insieme e tutto in piedi e tutto bene. Lui no, lui si stancava, se capitava che una nuova collega gli facesse capire qualcosa lui si allontanava di gran carriera in direzione opposta. Oppure cedeva per il tempo della lusinga: si infervorava a volte, ma la stessa Federica, pronta a individuare i segni di quel nome nuovo che tornava nella loro casa con piú frequenza e piú dettagli... la stessa Federica sapeva che, come quel nome era entrato, cosí sarebbe presto andato via. Giorgio si innamorava di se stesso nel sentirsi considerato da donne intelligenti, che in genere facevano il suo stesso lavoro. Ecco, questo. Ma poi si stancava. Lui si sentiva già stanco cosí, dopo la sala operatoria. E si sentiva già in colpa abbastanza quando non riusciva in quello che gli altri si aspettavano.

Restavano muti, attoniti, anche ore fuori dalle porte

della sala operatoria, i parenti in attesa. E quando lui usciva non era un uomo che aveva terminato la sua giornata di lavoro, ma un messia atteso alle porte di Gerico. Lui invece era solo stanco, e provato, e non aveva nessuna risposta da dare. Solo desiderava tornare a casa e farsi una doccia: sentire quello che da vent'anni sentiva sempre: che casa sua era il migliore posto dove stare al mondo. E anche uno dei posti piú belli: le stanze avevano la sua forma, la forma della vita che ci avevano speso dentro, gli oggetti nei posti raggiungibili quando andavano raggiunti, e nessun dubbio nessuno, nessun dubbio mai.

Quella soglia di incertezza che gli lasciava la medicina gliela riconsegnava sorridendo la sua famiglia a casa. Anche ora era cosí: Susanna fuori la cuccetta, Federica lí su a rilassarsi, e lui a toccare con le piante dei piedi il limite del vagone.

Dormirono circa tre ore, tra Udine e Baden, quando anche la ragazza era rientrata e si era stesa, tutta vestita, affianco alla madre. Sul finire, mentre il treno rallentava nella campagna di Achau, Federica sognò di fumare. Sognò di prendere la sigaretta di Simone, mentre lui la teneva stretta tra le labbra per allacciarsi le scarpe, e tirare una lunga boccata, aspirare. E poi entrava sua moglie nel sogno, e allora si svegliò.

Della moglie di Simone si sapeva poco, quello che lui voleva far sapere, e qualche foto in uscite pubbliche nelle quali bisognava indovinarla, piú che vederla, con un badge al collo e improbabili pellicce. Era una donna che aveva imparato presto a dividere suo marito con molte atlete e qualche giornalista. A perderlo di notte negli hotel, nell'aria pressurizzata dei voli intercontinentali. A nominarlo, piú che vederlo: vantarselo tra i parenti perché le faceva fare una bella vita e indovinare dal tappeto sonoro che era dietro ogni sua telefonata se stava solo o in compagnia, all'aperto o in una stanza. Poi piú nulla. Era stata una bella donna che si era arresa all'idea del paese. Che poi in sé, il paese, è la concretizzazione dell'idea che non c'è concorrenza alla quale abbia senso stare dietro. E lei era la moglie non competitiva di un uomo che aveva fatto della competizione la sua vita. Si era fermata quando il primo giudice aveva detto: «In guardia», e mentre poi gridava: «Alè», per far iniziare l'assalto, si era scelta una gradinata in alto, sugli spalti, da cui applaudire. Non era mai davvero scesa a vedere che consistenza avesse una pedana.

Cosí l'unica cosa davvero ingombrante nel bar della Südbahnhof di Vienna era la valigia di Susanna: lei e Giorgio avevano uno zaino ciascuno e riuscivano a metterci tutto dentro. Federica infilando le collane nelle scarpe di ricambio, camicie arrotolate come nei viaggi in barca, una grande busta di medicinali. Lui un paio di guide turistiche e una macchina fotografica reflex con tutti gli obiettivi. Invece Susanna aveva un enorme trolley rigido che il padre doveva incaricarsi di spostare sotto e sopra ogni scalino e ogni predellino e poi tenere in custodia mentre lei andava in giro per edicole e vetrine.

– Cosí la vuole fare la rivoluzione? Con il trolley? – Giorgio parlava perché Susanna era a qualche metro da loro, scegliendo un waffeln.

– Non vuole mica fare la rivoluzione.

– Sarà questo il problema?

– Perché, tu hai fatto la rivoluzione?

– Infatti sto pieno di problemi.

Federica rise, e andò alla vetrina dei dolci, per aiutare la figlia con il tedesco.

Cosí non poté vedere che Giorgio arrossiva e ricadeva con pesantezza all'indietro sullo schienale della seggiola. E poi finalmente si ricomponeva, chiudendo il giornale sulle gambe.

– Tu non vuoi niente?

– Niente.

– Cos'hai?

– Sono stanco. Vuoi dare un'occhiata al giornale? – E si offrí di accostarsi con la sedia alla moglie.

– Per carità, sto in vacanza. Stanotte ho chiuso il portatile e lo riaccendo al ritorno.

– E allora che te lo sei portato a fare?

– Abitudine. Però basta, stacco.

Giorgio brigava con l'autonoleggio quando sul marciapiede davanti a loro passarono quattro ragazzi abbracciati. Potevano avere vent'anni, erano tre ragazze e un ragazzo e camminavano sorridendo, a passo veloce, quasi saltellando, cantando una canzone che né Susanna né Federica riconobbero. Le ragazze avevano i capelli lunghi e i jeans e le scarpe basse e comode, e il ragazzo era un bellissimo giovane uomo con gli occhi blu e un poco di barba sul volto. Ma piú di tutto erano luminosi. Giorgio accostò finalmente accanto a loro con l'auto e mentre Federica sistemava i bagagli:

– Hai controllato, sí? Sta tutto a posto?

Susanna rimase a guardare quei quattro che andavano via.

– Ce ne andiamo, tesoro di babbo? Quello era vestito, vedrai i free climber...

Sotto i portici della città vecchia madre e figlia spulciarono tutte le bancarelle di artigianato locale. C'erano meravigliose case di legno, della grandezza di una scatola di scarpe, divise per piani e arredate con minuscoli lettini dalle coperte a quadri, che dovevano esser calde anche per le bambole di stagno che ospitavano. E quelle bambole avevano riccioli di lana fulva da specchiarsi sedute su minuscoli pouf.

Susanna si fece acquistare un completo da pranzo, per dodici, in cui ogni piatto era grande quanto un'unghia. Giorgio le aspettava al bar bevendo una Forst e leggendo le notizie. Mentre la ragazza raggiungeva il padre, Federica si attardò su un pagliaccetto azzurro con una S ricamata a mano. Una S di Superman, taglia 0-3 mesi, cosí impalpabile che arrotolarlo e infilarlo nella tasca interna della borsa fu niente.

– Anche io una birra, dài.

– Domani ci compriamo le lattine e quando siamo stanchi le mettiamo a rinfrescare tra le pietre di un fiume.

– Tra le pietre?

– Sí, lo facevamo sempre quando eri piccola, l'acqua le raffredda in niente, ci sono anche delle pozze che sembrano pensate apposta dalla natura per rinfrescarci la birra.

– Vuoi dare un'occhiata alle notizie?

– Giorgio siamo arrivati ieri, mo sto riprendendo fiato, do un'occhiata alle notizie? Magari piú tardi chiamo in redazione, giusto per far vedere.

– Niente ci perdi…

Solo che Federica invece di chiamare in redazione, passeggiando indolente nel prato antistante l'albergo, chiamò Simone. E lui aveva il telefono staccato.

Cosí fu solo ai piedi dello Schneeberg, in una malga, che Federica trovò un giornale italiano di qualche giorno prima e cominciò a sfogliarlo mentre Giorgio le spalmava di formaggio il pane nero.

Lesse che Simone era morto d'infarto, lo lesse in una

pagina di commenti, era già un coccodrillo: lo firmava un anziano giornalista del suo desk. Cercò nelle pagine precedenti. Dall'ultima alla prima e poi di nuovo, ma il giornale sobbalzava e le parole che conteneva erano confuse. Poi nei necrologi trovò di nuovo il suo nome. Grande: al centro del rettangolo listato a lutto. *Simone.* Era di una federazione sportiva. Seguivano gli altri: tutti insieme nero su fondo bianco.

Giorgio la guardò, seppe ed ebbe un solo istinto: quello di proteggere sua figlia. Cosí strinse le spalle di Federica da dietro, raccontandole in un gesto che aveva sempre saputo. Le sussurrò, come se la moglie fosse un'estranea a cui dare conforto: – Fatti forza. Per Susanna.

– Scendiamo, piccola, – disse. – Oggi invece della montagna facciamo piscina: a mamma gira la testa, non è il caso di andare in quota.

E poi tremando un po', ma fermo nel suo compito, come quel cane pastore che avevano incrociato sul sentiero in salita, con le parole e con gli abbracci, fece lunghi e costanti giri intorno alla sua famiglia finché non furono tutti rientrati nelle loro stanze.

– Vuoi tornare in Italia? – le chiese Giorgio portandole le gocce a letto.

– E tu?

– E io mi faccio una vacanza in santa pace, parlo un poco con Susanna, che non parliamo mai.

– Gliel'hai detto?

– Sei pazza? Non gliel'ho detto quando era vivo, glielo dico mo che è morto?

Federica ricominciò a piangere.

– Su, su: prendi le gocce e riposati un poco.

Lei ascoltò suo marito, bevve, poi si mise a guardare i gerani fuori dalla finestra, su di un fianco. Prese sonno.

La sera a cena attinsero tutti e tre da una grande zuppiera centrale di porcellana, colma di Knödel in brodo. Si servirono in silenzio. Giorgio serví Federica e Federica serví Susanna. La tovaglia era rossa, con piccoli motivi tirolesi ricamati ai bordi: un cervo, le stelle alpine, un paio di zoccoli di legno, una slitta. E la luce calda e, fuori, le cime delle Alpi lanciavano riflessi rosati che ognuno di loro poteva osservare da una vetrata diversa: grandi vetrate del ristorante. Rimasero in silenzio e Federica era cosí costernata che non poté neppure assaggiare il vino. L'albergo era una costruzione bianca con i tetti di ardesia e altissimi comignoli di mattoni che sbuffavano verso il cielo, in estate come in inverno, perché servivano le stanze da bagno, le cucine e le lavanderie. E le terme interne. Cosí anche a luglio inoltrato, a millecinquecento metri, appoggiato su un altopiano della valle di Wachau, circondato dai meleti, l'albergo era sospeso in una foschia leggera. Nel silenzio della sala ristorante si sentivano solo tintinnare bicchieri, e la sommessa conversazione di una coppia molto anziana, tre tavoli piú in là. E poi Susanna tirò su con le labbra il brodo dal cucchiaio facendo rumore, per sbaglio: fu uno sbaglio, un calcolo sbagliato dei muscoli in un movimento abituale e controllato. E anche lo sguardo di rimprovero con cui la guardò Federica fu abituale e controllato: erano diciassette anni che se ne occupava.

Allora Susanna poggiò il cucchiaio nel piatto e rispose al rimprovero automatico e prevedibile della madre. La fissò.

«Guardate come vi siete ridotti, – disse. – È la vostra unica vacanza dell'anno e guardate come siete ridotti. Questa, con le occhiaie, che non si regge in piedi. Sta fatta. *Lei* sta fatta, non quelli con cui esco io. *Lei* sta fatta. E la dose gliela dai tu. E quest'altro, che da quando sto al liceo si preoccupa solo se mi fidanzo o no, se scopo o no, se uso i profilattici o no. E tutto in segreto, tutto nascosto, tutto che *sto dicendo e non sto dicendo*. Tutti complici verso qualcun altro. Tu per non farmi sapere che mamma stava con quello, e tu per non far sapere che stavi con quello, e io che se ti dicevo mezza parola su un amico diventava un segreto. E tutti questi segreti per niente di eroico, però, giusto? Nessuno di voi era Mata Hari, nessuno teneva le carte del processo Eichmann sul comodino, giusto? Sí, sí, fai quella faccia. È inutile, è inutile che cerchi di sdrammatizzare. Stai sempre a sdrammatizzare. Riesci a essere cosí superficiale che ti trombavano la moglie e sdrammatizzavi. Per estinzione sono finite le tue corna, mica perché sei andato a picchiare quello là, o hai cacciato di casa la mamma. Ah, mo non ce l'hai piú l'espressione "processo Eichmann"? Mo non ti interessa piú che so citare le cose giuste? Il fatto, papà, è che io alle cose do un'altra importanza. Vi siete riusciti a portare i fantasmi pure qua. E quello è diventato davvero un fantasma, nel frattempo. Che schifo, mamma, che schifo, lo stanno seppellendo, capisci? Gli buttano la terra addosso, a quest'ora già puzza, che schifo, come il nonno, tutto verde è adesso. Piange, guardatela: sta quasi in menopausa e piange.

Guardatela: questa è la donna a cui dà fastidio se tiro su il brodo dal cucchiaio facendo rumore.

Piange per un uomo a cui mandava la buonanotte di nascosto tutte le sere via sms. "Stai sempre con il cellulare in mano". *Io.* Io con il cellulare mi sento la musica, e mentre arrivavamo mi sentivo il concerto a Vienna di Keith Jarrett, capito? No, non ci provare: non ho guardato il tuo cellulare. Non quanto tu e papà avete guardato il mio. Non c'è bisogno di guardare il telefono. Ma perché, non bastano le tracce che lasciate nell'aria? Perché voi le *volete* lasciare: cosí vi sentite vivi. Non ce la fate a scoparvi uno e non lasciare una traccia nell'aria. Papà non ce la faceva a non commentare quanto era brava l'anestesista, e senza che nessuno dicesse niente aggiungeva: "Una persona perbene". *Una persona perbene* è diventato il segnale standard di ogni vostra scopata.

E chi ve lo nega? Mica si è persone *per bene* o *per male* se si tradisce un matrimonio? Se si va con altri?

Si è persone come un sacco di persone che danno troppa importanza all'amore.

E soprattutto: siete persone che possono insegnare solo questo. Quando stavamo a Pechino e mamma mi disse: "Dài, vai a salutare la delegazione". Mi stava insegnando l'educazione? O voleva agganciare ancora qualche minuto nell'aria l'uomo che amava? Mandarmi come suo alter ego, come sua emanazione a dargli un altro bacio, all'allenatore? Chissà quante volte lui le avrà detto che sono adorabile, che le assomiglio. Requiescat in pace.

Avete ricamato l'aria di segni. Siete stati come in quella metamorfosi di Ovidio, quando il barbiere del re Mida non ce la fa a tenersi dentro che Mida ha le orecchie d'asino e allora fa una buca nella terra e ce lo grida dentro.

Ma io, mentre guardavo fuori dal finestrino, in treno, io pensavo solo a quello che vedevo. Vedevo le città, e poi piú niente. Per lunghi tratti solo la notte, poi ancora avvicinarsi un chiarore nella campagna e sapere che laggiú c'era un'altra città, con uomini e donne come voi, che dormivano su un fianco stringendosi la mano e pensando a qualcun altro. Ma in mezzo, poi, c'erano sentieri, e alberi, e per un istante gli occhi di una volpe hanno lanciato un bagliore verso di me. E quel mondo che vedevo sarà mio. Mi sono detta: l'anno prossimo faccio questo stesso viaggio da sola, e poi forse torno a casa, ma chissà quando. *Adesso resisti solo un altro poco, dieci giorni pensando ai fatti tuoi.* Il problema siete voi, mica io, come volete credere. Il problema resta a voi. Perché voi avete scelto questo brodo e lo pagherete con tanti sorrisi della concierge e un bel bigliettino da visita attaccato allo scontrino della carta di credito, casomai il prossimo anno... E io invece sono libera».

E cosí dicendo si alzò e uscí fuori dalla veranda.

Sull'ampio pianoro i cavalli si avviavano lenti verso le alture, parevano mossi dalla sera. Susanna li seguí per un poco lungo la valle, fino a quando dalle finestre dell'albergo non fu piú possibile distinguere i suoi capelli tra le criniere.

L'ultima vita

Vidi l'universo e vidi gl'intimi disegni dell'universo.

JORGE LUIS BORGES, *La scrittura del dio*

Dopo.

Il becchino alzò la temperatura, ma mentre lo faceva sapeva che non era quello il problema. Però lo fece lo stesso, come se avesse sbagliato qualcosa, come se si potesse correggere, come se stesse accadendo una cosa normale. Chiamò il collega davanti al forno, e lí restarono immobili a guardare e chiedersi. Parlavano piano perché a pochi centimetri da loro, oltre un tramezzo, c'erano il padre e la madre.

– Non brucia, il corpo è intatto.

– Il forno non funziona.

– Funziona.

– Lo dice la valvola, ma magari dentro non funziona.

– Vuoi metterci una mano? Ti dico che funziona. Dovrebbe essere bruciato in quattro minuti a questa temperatura. Il legno ha bruciato. Lo zinco ha bruciato. Il corpo no.

Si guardarono un poco, cercando di tenere a bada l'incredulità, poi l'orrore, e anche per sapere cosa riferire ai genitori di quel corpo che non riuscivano a cremare.

E, mentre si guardavano, il corpo di Livia disparve senza ardere.

I becchini raccolsero la cenere che c'era e la misero nell'urna e la consegnarono rapidamente ai genitori in silenzio.

Quel pomeriggio uno dei due lasciò il lavoro al crematorio, ritirandosi finalmente nel podere della campagna lombarda che i suoi suoceri gli avevano lasciato in eredità. L'altro si andò a confessare: erano ventisette anni, dal giorno della prima comunione, che non lo faceva.

Prima.

Potrei raccontarvi questa storia con innumerevoli lingue, o lasciare che di essa rechi coscienza e memoria solo l'aria: affidarla agli elementi essenziali: che sono ovunque, cosí che ce ne si dimentica. Tuttavia sceglierò la lingua che parlavo prima. Perché questa storia ha un prima, un durante e un dopo, e non sono venuti in quest'ordine.

Io e mamma abitavamo alla Sanità, che è un quartiere dove è molto facile sentire lo Spirito. Scendendo a comprare il pane cotto a fascina, verso la chiesa del Monacone, c'è sempre una lama di luce che supera gli antichi vicoli, attraversa il piperno e gli stucchi dei palazzi, scende per gli scaloni a forcipe e, una volta sul marciapiede, scansa i motorini e si manifesta. Cosí, guardando su, molto su, si vede che il cielo è azzurro e la spiritualità diviene innegabile. Essa non è dunque trascendente, non ha a che fare solo con quel cielo azzurro: se i motorini non falciassero i piedi, se non impedissero il passo ai paralitici, se il pane non fosse cotto con legni illegali, se il figlio della signora Oreste non si fosse ferito per sbaglio con la pistola sparandosi all'inguine, quella lama di luce non avrebbe nulla su cui posarsi.

Le due cose vanno assieme, ed è inutile separarle.

Questo io trovavo inconcepibile della recitazione buddista di mamma: questo allontanarsi dal mondo, in gruppo.

In casa mia il *gohonzon* c'era sempre stato. Mamma aveva cambiato molti uomini, e io avevo cambiato tante volte collocazione in casa a seconda se questi uomini fossero pericolosi o meno – per lei, intendo: ché a me mi avrebbe difeso a coltellate da chiunque – e mi stessero simpatici o meno. Dunque io cambiavo stanza, o soppalco, e mamma cambiava uomo, o soppalco. Ma il *gohonzon* restava sempre lí, protetto dal suo *butsudan* dorato con le porticine che si aprivano, casa nella casa, e con una piccola serratura che girava al contrario.

Quando mi raccontarono per la prima volta la storia di Alice e del coniglio – e fu un chitarrista a raccontarmela, uno che accompagnava mamma tutti i sabati e le domeniche nei locali a cantare –, io seppi l'importanza che avevano le porte per il mondo. Le porte del paradiso, e quelle di Alí Babà, e Tebe dalle sette porte, ma insomma io solo una porta vedevo, e mi piaceva aprirla e chiuderla tante volte, quando mamma non c'era. Ma dietro quelle porticine io vedevo solo un foglio di carta, pure piuttosto grossolano: non era pergamena, era quasi una stampa comprata dai cinesi giú alla Duchesca. Cosí, che mamma e il suo gruppo del giovedí si mettessero quasi in ginocchio davanti a questa pergamena e recitassero per minuti e quarti d'ora e ore sempre la stessa frase, sempre la stessa frase, guardando fissi là, in uno di quei segni che non significava niente: io questa cosa non la capivo. «È per allontanarsi dal mondo», diceva uno, oppure «Per dare un ordine al mondo», oppure «Per mettersi al ritmo con il mondo». Può darsi. Io per mettermi a ritmo con il mondo m'infilavo le scarpe da ginnastica e mi andavo a fare le canne dietro l'Accademia di Belle Arti. La guardavo, seduta fuori dalle sue grandi vetrate, chiuse per me che non avevo ancora finito il liceo, ma costruite per accogliere tutte le lame di sole che il sole avesse voluto offrire sui gessi, sui calchi, sugli scalpelli, sulle tele, sui modelli, sugli olii, sui libri, sui professori giú in basso in una sala a forma di anfiteatro, e tutti gli studenti a bocca aperta a farsi raccontare come si scompone l'uomo, e il mondo, in quante parti e in quali fogge. Per poi ricostruirlo daccapo.

Però io e mamma vivevamo alla Sanità, proprio dentro, in fondo, ben oltre il mercato dei Vergini e il palazzo dello Spagnuolo, cosí io di tutta questa spiritualità che lei portava in casa non potevo proprio fargliene una colpa.

Se la cartoleria era chiusa, e allora io per prendere le tempere dovevo arrivare sotto al ponte, e pure dopo, tanto che si vedeva la strada quasi finire di lí a poco sotto la collina di Capodimonte, io, guardando fino in fondo: vedevo l'antro del cimitero delle Fontanelle. Proprio quel taglio nel tufo alto come un palazzo e stretto come una fessura, come l'orecchio di Dioniso, come la fica. Lí dentro, ci pensassi o meno, c'erano ammassati secoli di teschi, uno sull'altro, fino a erigere colonne e capitelli e cattedrali intere di teschi. E poi tibie, tutte ordinate, tutte precise, milioni di tibie sconosciute, che se fosse crollata la volta di tufo che le conteneva, tutta la caverna avrebbe poggiato sulle tibie. E dentro ora sí: c'erano i turisti, ma prima c'erano stati i morti di colera, e prima ancora gli appestati. E tutti quelli che ci erano entrati con i piedi loro avevano lasciato lí la preghiera e il voto. E poi un lumino, o un'immagine: un amato attribuito a quel teschio oppure a quell'altro, tanto i morti sono tutti uguali, come i vivi quando pregano, che si flettono, e usano il numero tre, e tutto il corpo, e la testa china e le mani giunte, e sgranano parole e voce nei rosari: affinché le anime del purgatorio soffrano qualche secolo in meno: in terra o altrove.

E allora quando tutto il gruppo del giovedí, in ginocchio davanti al *gohonzon*, nel salotto di casa mia intonava il suo mantra, io come potevo dirgli qualcosa? Cosa avrei dovuto fare? Mi chiudevo nella mia stanza, m'infilavo la cuffia in testa con i Nirvana, e mi mettevo a dipingere. Oppure andavo a fare i compiti da Eugenio, cosí se finivamo presto la versione, e i suoi si addormentavano davanti alla tv, scopavamo. E poi ci addormentavamo anche noi.

E poi mia mamma, rispetto a tutti gli altri buddisti, aveva una cosa bellissima: la voce.

Aveva diciotto anni, quasi la mia età, quando papà la vide: cantava a un matrimonio e l'accompagnava un chitarrista. Papà passò tutto il pranzo a chiedersi se fossero solo una coppia artistica, o lo erano anche nella vita. Poi decise di chiederlo direttamente a lei, e insomma andò cosí. Manco due mesi e io ero in arrivo. Poi lui partiva sempre piú spesso, perché lui è un artista importante, uno che chiamano dovunque, e insomma, come era cominciata finí, ma in mezzo a loro oramai c'ero io.

E questo fatto della voce fa essere la recitazione di mamma diversa da tutti gli altri del suo gruppo: prima cosa può recitare per ore, ha sempre il giusto fiato e non diventa mai roca. E poi il suo è un canto e quello degli altri è voce soltanto. Io mi sono addormentata tante volte cosí, sentendo il suo petto vibrato a chissà cosa, a chissà chi.

Nam myoho renge kyo Nam myoho renge kyo Nam myoho renge kyo Nam myoho renge kyo.

Durante.

Il *gohonzon* è stata pure la terza cosa che è arrivata a Milano. Dopo la mia cartella clinica e le nostre valigie. Stava arrotolato dentro un tubo, come le mie tele già preparate e ancora non dipinte. Abbiamo dovuto trovare uno spazio per lui e uno spazio per noi, e all'inizio sembrava solo un luogo nuovo dove cominciare. Ma poi a mano a mano che la leucemia scavava, il tempo per dipingere e pregare è stato sempre di meno. Però insomma si tornava dall'ospedale, con una cura o una speranza nuova, si attraversava la città sconosciuta, grigia e severa, con i viali puliti che confluivano in piazze sempre uguali, sempre esagonali, tanto che all'inizio ci perdevamo, io e la mamma. Ma forse era la stanchezza, forse ci volevamo perdere per non ripetere sempre lo stesso viaggio, in attesa di guarire. È stato l'autunno dopo la maturità, cosí poi ci ha raggiunto papà e parlava lui con i medici, e mi hanno detto:

– Bisogna tentare il trapianto di midollo.

– Va bene, – ho detto io, – però bisogna pure tentare l'iscrizione all'Accademia.

E cosí io studiavo i test d'ammissione e loro mi cancellavano i globuli bianchi dal sangue, sani e malati, tutti. Me ne sono rimasti centotrenta. Non dico un numero a caso, erano proprio 130. Sul pantone è un bell'arancio caldo.

– Centotrenta? Su diecimila? – mi ha chiesto la madre di un bambino ricoverato nella stanza affianco. Che se lo portava in giro tutto il giorno in braccio, trascinandosi con l'altro braccio l'asta della chemio.

– E come ti senti?

– Sento solo un grande prurito.

– E che cosa ti fanno adesso?

– Trapianto di midollo.

– Di un tuo fratello?

– Sono figlia unica.

– E allora di chi?

– Non si sa: c'è l'anonimato.

– E come funziona il trapianto?

– Se funziona, dici?

– Funzionerà.

– Allora funziona che quel midollo prende il posto del mio midollo e tutti i globuli bianchi nuovi che mi torneranno a girare nel sangue nasceranno da quelli.

– Pazzesco.

– Già.

– Cosa sta facendo tua mamma?

– Daimoku: è buddista.

– Crede nella reincarnazione?

– Penso di sí.

– E Budda in cosa si reincarna?

– Non lo so, boh? Mi sembra che Budda non si reincarna perché ha avuto l'illuminazione. L'obiettivo è quello: vai di corpo in corpo finché non guarisci, e pace.

– E di questi altri corpi si sa qualcosa?

– No.

– È come il trapianto di midollo.

– Se funziona, piú o meno sí.

– Funzionerà.

Quando finalmente è arrivato mio padre gli ho detto di chiudere la porta.

– Non voglio parlare con gli altri, non voglio dire i fatti miei, non mi devono chiedere le cose, e non voglio spiegare mamma che fa con quella collanina in mano.

– Va bene, ma l'hai vista quella donna, Livia? Cammina con il bambino in braccio…

– Non mi fa pena, papà, non mi fa niente.

– Manco compagnia ti fa?

– No. Le persone che stanno per morire sono sole. Ma tu 'sta cosa quando la capisci? Puoi pure tenermi abbracciata ma io qua dentro, qua, vedi? Sono sola.

– Non sarai mai sola, – disse mamma entrando. – Ho

visto che a Palazzo Reale c'è la mostra di Van Gogh, resta fino a febbraio, cosí dopo il trapianto ci andiamo.

– Non capite che io sto male?

– Sí, – disse mamma, sicura, – lo capisco che stai male, ma non posso sperare che starai meglio?

E allora io non avevo piú risposte e mi misi a piangere.

Le sere a casa era strano vedere mamma e papà vivere di nuovo insieme, come i primi tempi. Lui la tranquillizzava: «Sta nervosa perché sta piena di farmaci».

Anche, ma io stavo nervosa perché non volevo morire, e volevo usare questa bicicletta che mi aveva imprestato il comune di Milano. E arrivare a Brera, e sedermi a terra su uno di quei marciapiedi e guardarla e farmi le canne. E invece passavo il tempo a trovare una posizione in cui non sentire dolore, un luogo del letto e del corpo dove quelle due uova di tumore che mi erano cresciute nel pancreas mi permettessero di star seduta e ascoltare le chiacchiere, come era una volta.

E invece quelle c'erano sempre, c'erano dappertutto, e se avevo fame mi facevano vomitare, e non avevo tempo per altro: che per sentire dolore. Ma io lo sapevo che la vita era un'altra cosa, perché c'ero stata, in quell'occasione che voi chiamate vita.

Poi un giorno iniziò a nevicare. E pure quella cosa lí era lo Spirito ma, come la luce a casa nostra, nella Sanità, non lo era perché cadeva dal cielo, bensí perché sporcava la città quando arrivava a terra, oppure imbiancava le aiuole, e bloccava gli aeroporti e faceva scivolare le persone. E se non ci fosse stato il portiere razzista che insultava mia madre quando sbagliava la differenziata, se non ci fosse stato il centralinista dell'ospedale che si rifiutava di passarci il medico, o il medico che si rifiutava di darci altra morfina. Se non ci fosse stato l'ex scalo di Porta Vittoria, con i suoi cantieri che alzavano colonne di cemento: allora tutta quella neve bianca e pulita, con i fiocchi che sembravano ovatta e che asciugavano ogni rumore e ogni fetore della città: dove sarebbe caduta?

Le due cose andavano assieme, ed era inutile separarle. E mi trovai con la neve fuori e i neon dentro la saletta della chemio. Quella mattina mi aveva accompagnato papà, con cui oramai non c'era piú pudore di niente, perché chi ti vede soffrire è come se ti avesse visto nudo scorticato senza scarpe camminare in quella neve. E questa visione per mio papà era insopportabile, cosí insopportabile che quella mattina eravamo perfino un poco felici di stare in quel lettuccio pulito, lui con un giornale affianco a me, e con le luci che si potevano abbassare o spegnere, e fuori le infermiere che sorridevano sempre, sempre. E chissà quale Spirito pure viveva in loro affinché ci sorridessero sempre mentre ci accompagnavano nel viaggio. Sorrise l'infermiera che mi diede l'antiemetico, e sorrise l'infermiera che mi diede la morfina, e infine sorrise l'infermiera che mi attaccò al braccio la flebo con la chemio.

Io mi girai sul fianco che mi faceva meno male, chiesi di chiudere la porta perché lí fuori mi erano tutti indifferenti, e mi misi a guardare le gocce che dalla flebo scendevano verso il braccio. Una, una, una, una, una, una, una, una. E accadde. Che le gocce della chemio diventarono quelle del mare e io potevo vederle tutte insieme ma ciascuna per suo conto e poi ancora ognuna e nello stesso istante a formare ogni mare della terra. Vedevo la profondità di quel mare, e la sua estensione, come se nella boccia della chemio ci fosse stato un ologramma, o un mappamondo, ma poi il mappamondo mi avvolse e allora vidi il centro della terra che ardeva alla temperatura del fuoco, vidi il fuoco con le sue lingue di fiamma ma ancor piú e meglio con le sue molecole di energia che forsennate sbattevano l'una sull'altra. Io ero nel fuoco e stavo nel fuoco ma il fuoco non bruciava perché io vi ero consustanziale, cosí poi attorno e insieme sentivo la roccia del mondo opprimermi senza mai schiacciarmi e anzi era bella e passava dal magma alle montagne e sopra ancora al ghiaccio. Io vedevo ed ero le montagne e il ghiaccio, e il ghiaccio era fatto delle gocce della mia flebo cosí che il mio sangue e il ghiaccio erano la stessa materia, e le mie vene sono state in quel momento i fiumi che abbeveravano i campi giú a valle dei ghiacciai e si raccoglievano nei laghi e ancora poi, tornando al mare, sulla superficie del mare si riflettevano la notte e il giorno. E nella notte c'erano le stelle: io conoscevo i loro nomi a una a una cosí come conoscevo tutte le lingue del mondo ed esse erano contenute in un unico dittongo e quel dittongo era: io. Ma io non significava io solo me stessa me. Significava tutto, *io* era la chiave che aveva aperto ogni porta. Attraverso quelle porte vidi la leucemia: e ciascun linfoblasto era vivo e combatteva per vivere e si moltiplicava per sopravvivere esattamente come tutti gli esseri che si muovevano dentro i mari e sulla terra e per l'aria. Ma questo non accadeva solo in un punto, che poi era quello che voi chiamate mondo: accadeva in tanti punti ugualmente o in modi differenti oltre i sistemi stellari che erano uguali o differenti da quello solare. E quando tutto questo allo stesso istante successe, io lo ebbi e lo fui: cosí non sentii piú necessità di trattenerlo a me, e lo lasciai andare. Cosí lasciai andare anche me stessa donna dentro quel lettuccio, e di lei non mi importò piú. O meglio: mi importava, ma con la pietà dell'infinita distanza.

– Abbiamo finito, – disse l'uomo padre e chiamò la donna infermiera. E io mi concessi ancora per quei giorni al sembiante che tutti mi conoscevano, cosí riconobbi la sua lingua e gli risposi: – Sí, papà.

Dopo (o prima, o durante: sul tempo la vostra lingua diviene lacunosa, dirò: qualche giorno dopo), qualche giorno dopo sentii la donna mia madre piangere oltre la porta del bagno. Ma lei si lavava sempre il volto, quando accadeva, fino a uscire da quel bagno sorridendo, come se fosse stato un attacco di allergia. Lei era un caso, un accidente minuscolo dietro la porta di un bagno, ma alle sue lacrime, cosí simili, in virtú delle molecole, a ogni essere vissuto e vivente e che vivrà, a quelle gocce io (dirò: volli bene) volli bene come a ogni altra cosa.

Per volere bene a tutti volevo meno bene a tutti o infinito bene a tutti, che è lo stesso, giacché le quantità sono illusioni. Esiste invece solo un momento che è la perfezione di un punto e il lampo dell'energia. Allora in quel momento, in quel punto io sentii che quella donna andava rassicurata e solo un'altra donna poteva farlo e quelle donne fummo io e mia madre. Le dissi:

– Senti, mamma, tu hai ragione quando dici che speri che io stia meglio. Sennò tutte queste chemio e questi aghi, e questa nausea cosa li proviamo a fare? E certamente questa ora è la nostra vita, e quello che ci accade è umano, e come tutti gli esseri umani noi non sappiamo come va a finire, giusto?

Lei mi guardava.

– Però senti cosa ti dico: io non so come e quando questa mia vita finirà. Però so che è l'ultima, capisci? È la mia ultima vita. Ricordatelo quando sarà il momento e non stare male, perché è la verità.

Restituzione.

Il racconto *Behave*, uscito allegato al «Corriere della Sera», era dedicato a mio figlio: continua a esserlo.

Rispetto per chi sa era stato pubblicato nel 2007 da Dante & Descartes, a cui lo rendo qui con altro titolo.

99/99/9999 è nato da una frase di Carmelo Musumeci, scritta nel carcere di Padova: «*Quanti anni ti mancano a finire la pena?*» *Gli ho risposto che noi ergastolani non abbiamo mai anni in meno ma sempre anni in più.*

Il castello è stato ed è un omaggio per l'editore Playground.

L'ultima vita, invece, l'ho immaginato tanti anni fa: quando ho conosciuto mia moglie. Ma se non avessi incontrato un portatore sano di buddismo non l'avrei mai scritto. A entrambi è dedicato.

Io e Paola Gallo abbiamo editato questo libro a Dorsoduro, sotto il quadro della prozia di Pia Masiero. Le ringrazio tutte e tre. A proposito: che questo libro giunga a Nicola Lagioia come una vongola di Pellestrina.

Indice

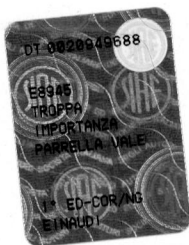

Stampato per conto della Casa editrice Einaudi
presso ELCOGRAF S.p.A. - Stabilimento di Cles (Tn)
nel mese di aprile 2015

C.L. 21407

Ristampa   Anno

0   1   2   3   4   5   6   2015 2016 2017 2018